ハヤカワ文庫SF

〈SF2351〉

宇宙英雄ローダン・シリーズ〈657〉

盗聴拠点ピンホイール

マリアンネ・シドウ&H・G・フランシス

井口富美子訳

PERRY RHODAN
DIE KOLONISTEN VON LAO-SINH
HORCHPOSTEN PINWHEEL
by
Marianne Sydow
H. G. Francis

Translated by
Fumiko Iguchi
First published 2022 in Japan by
HAYAKAWA PUBLISHING, INC.
This book is published in Japan by
arrangement with
PABEL-MOEWIG VERLAG KG
through JAPAN UNI AGENCY, INC., TOKYO.

目次

盗聴拠点ピンホイール

ラオ＝シンの入植者

マリアンネ・シドウ

登場人物

ニッキ・フリッケル……………三角座銀河情報局（ＰＩＧ）チーフ
ダオ・リン＝ヘイ……………………カルタン人。庇護者
ガ・リウ＝ミガイ……………………同。《カサム》の男庇護者
タイ・カ＝スホン……………………同。《サナア》の技術主任
ショ・ド＝ヘイ………………………同。初代遠征船の庇護者
ミア・サン＝キョン…………………同。庇護者

1

〈準備をおこたるな、ダオ・リン＝ヘイ！〉と、アルドゥスタアルの〝声〟はいったもの。〈その日はもう遠くはない。そのときおまえは、宇宙船の巨大な艦隊で出発することになる。大きなことをなしとげるために〉

その声ですべてははじまった……何年も前に。

それがもう終わったのだろうか？

「命じられたことはすべてやりました」ダオ・リン＝ヘイは隔絶されたキャビンで〝声〟に呼びかけた。「指示されたとおりに、最善をつくしました。あなたのために、あなたの目的のために、全力を注《そそ》ぎました。ラオ＝シン宙域での状況は良好です。まだたりないのですか？　もっとがんばらなければならなかったのでしょうか？　でも、それは不可能でした。わたしは過ちをおかしたのでしょうか？　いつ、どこで？」

答えはない。

「命令にしたがいます、いつものように」ダオ・リンは気持ちが沈んでいくのを感じた。「答えてください。わけがわからないんです。一から説明してくださいませんか。なぜ、わたしがもどらなければならないのでしょう？　どうしてミア・サン＝キョンに任務を引き継がなければならなかったのでしょう？　わたしが失敗したから？　それとも、ほかに理由があったのですか？」

アルドゥスタアルの〝声〟は沈黙している。

ダオ・リン＝ヘイはキャビン内を見まわし、がっくり肩を落とした。きわめて簡素な部屋で、四段式の船でラオ＝シンに出発した時の居室とは雲泥の差だ。

当然、これにはなんの意味もない。キャビンの内装は《サナア》船内の標準装備だし、その功績を知らぬ者のないダオ・リン＝ヘイにはどんな贅沢も認められているからだ。ただ、《サナア》の船内にはろくにものがない。わかってはいたが、乏しい装備を見ると、この帰還命令イコール降格とみなされているようで不愉快だった。

追放されたという感情を拭《ぬぐ》いきれない。

それでも、無理やり気持ちをおちつかせた。いま気が変になったら意味がないと思ったからだ。それに、ラオ＝シンはその魅力以上に危険な場所でもあった。結局のところ……と、ダオ・リン＝ヘイは自身にいいきかせた……自分はカルタン人で、惑星カルタンが故郷なのだ。自分はもう一度そこに帰るのだろう。荒涼として冷たい吹雪《ふぶき》が吹き荒れる惑星に。深い峡谷で生命体がひしめく都市に。

もちろん、ラオ＝シンにも都市はある。とくに惑星フベイには。伝統のない新しくて清潔な都市で、しばしば仮のものという印象をあたえた。一種族が遠くはなれた未知の銀河に足がかりをつくるのだから、それが精いっぱいだっただろう。文化などという余裕はほとんどない。工廠《こうしょう》施設や、都市建設に必要な工業複合設備の建築が優先された。もちろん、フベイには休養や息抜き、気分転換のできる場所もあったけれど。

その点、カルタンはすべてにおいて、はるかに洗練されている。ダオ・リンは、荘厳な建物や芸術作品、多様な催し物のことを考えた……

……そして、そんなものはなくたってかまわないと思いなおした。カルタンにはもどりたくない。とどまりたいと思う唯一の場所はラオ＝シンだ。この不可解な命令が出されなかったら、もう一度こんな長距離航行に出るなど、思いもしなかっただろう。

だが、命令は命令だ。それで自分の生活が激変しようと、ダオ・リンはしたがうしかなかった。

ラオ＝シンでは、彼女は高位女性にきわめて近い地位にあった。

カルタンに帰ったあとはどうなるのだろう？　ただの庇護者にもどるのだろうか？

それとも、それさえ解任されるのだろうか？

いったい、この帰還命令はアルドゥスタアルの〝声〟が出したものか？　ダオ・リンにはなんの確証もなかった。この命令を伝えてきたのは高位女性たちだ。ダオ・リン＝ヘイは、高位女性たちが多くのものごとを〝声〟にしたがって決めることを知っていた。けれども、この命令は〝声〟の関与なしでくだされた可能性もある。

なぜ、ミア・サン＝キョンがダオ・リンの後任と決められたのだろう？　有能な庇護者なら、ヘイ家から選ぶこともできたはずだ。

故郷惑星からとどく知らせはたいてい不完全だ、と、彼女は心のなかでいった。なんといっても、情報が古くて使い物にならないことが多い。航行には二年かかり、二年のあいだにはさまざまなことが起こるからだ。前々からグレート・ファミリーのあいだにはある種のライヴァル関係があったし、おまけにダオ・リンは自分の仕事に没頭するあまり、故郷の出来ごとなどほとんど興味がなかった。ひょっとすると、あれやこれやを見逃していたかもしれない。もうすこし注意をはらっていれば気づいていたはずのことに、驚かされているのかもしれない。

それでもダオ・リン＝ヘイは、自分の解任がアルドゥスタアルの〝声〟と関係があるのではないかという直感を捨てきれなかった。

時間だけは充分ある。《サナア》はラオ＝シンに到達した遠征船五隻の最終段だけを集めて建造された船だ。五隻がラオ＝シンに向かった目的はただひとつ、帰郷船の建造材料を提供するためだった。年に一回、ラオ＝シンでの進展を惑星カルタンに知らせるために、このような船を送りだしている。帰郷船の目的は情報を運ぶこと以外のなにものでもない。とほうもない距離だが、この方法以外では運べないのだ。そのため《サナア》にはパラ露のような貴重な荷物はのせていないし、ひとりのエスパーも乗っていない。乗船しているのは百名に満たないカルタン人で、例外なく全員が技術者だ。かれらの任務は、はてしない距離をこえて《サナア》を操縦しつづけることと、しだいに燃えつきていく各段からまだ利用できる部分をとりはずし、再装備することだった。

この仕事を請け負ったカルタン人は、どの段階でなにをしなければならないか熟知している。技術主任のタイ・カ＝スホンはすでに帰郷船の乗務が三度めで、帰還飛行のむずかしさについてだれよりも習熟していた。

この状況で、ダオ・リン＝ヘイはたんなる旅客にすぎない。もちろん《サナア》船内でも彼女の意見は尊重されたし、万が一問題が生じたら指揮をとるのは彼女だろう。だが、ラオ＝シンとアルドゥスタアルのあいだの空虚空間で、いったいどんな問題が起こるというのか？

ダオ・リン＝ヘイは自分の記憶を整理することにした。いまはしずかな環境で集中できる。アルドゥスタアルの〝声〟がダオ・リンを呼びもどそうと考えたきっかけは、いったいなんだったのか。

のちに渦状銀河に近づいたなら、待ちかまえているであろうあらゆる問題を……できれば正確な判断力をもって完全に専念することで……解決したいものだ。そうすれば、もしかしたら、どんな非難に対して準備をすべきかわかるかもしれない……

ダオ・リン＝ヘイの思考は、自分にとって最初の工廠惑星、ヴァアルサでの記憶にもどっていった。

彼女にとってヴァアルサは〝教導の場所〟でもあったから。

2

警報が鳴った。恥知らずなテラナーたちは、どうやらエスパーの力に恐れ入って退散したらしい。だが、自分たちが負けたとは思っていないだろう。武器を使わなかったこともあり、使おうと思えばいつでも使えると思いあがっているだろうから。

しかも、テラナーたちはいくつか目的を遂げていた。ろ座で掠奪したパラ露捕獲機を破壊したし、秘密の工廠施設の内部も見たにちがいない。

「テラナーが手を引くことはけっしてない」ダオ・リン＝ヘイは激怒していた。貴重な捕獲機は自分の個人的な獲物だったというのに。しかも、もう手に入らない。「べつの船を連れてもどってくるだろう」

〈エスパーたちの力がかれらを撃退する〉と、アルドゥスタアルの〝声〟はなだめるようにいった。

「わたしにはそうは思えません」彼女は反論した。「テラナーのことはほんのすこししか知りませんが、技術面ではこちらよりすぐれていますし」

〈だが、かれらはエスパーではない〉

「ええ、われわれカルタン人とは違います。でも、なかには超心理エネルギーを持っている者がいるかもしれません。かれらは驚くべき力を持っている……しかも、ヌジャラの涙を知る前から。貴重なパラ露の意味を知ったいま、それを根こそぎ収獲し、カルタン人にはひと粒ものこさないでしょう。かれらをあなどってはなりません！」

「あなどったりはしません」と、突然ダオ・リン＝ヘイの横にあらわれたロボットがいった。

「それなら、この《ワイゲオ》を破壊しろ！　ヴァアルサの位置をほかのテラ船に知られないように」

「その必要はありません」ロボットがしずかに無感情に主張した。

「なぜだ？」ダオ・リンはかたくなだ。

「高位女性と宇宙ハンザ代表者とのあいだで交渉がはじまるからです。テラナーのホーマー・ガーシュイン・アダムスのことはあなたもご存じでしょう。かれはカルタン人との講和を望んでいますし、譲歩する用意もあります」

「そうだろうとも」と、ダオ・リンはつぶやいた。

彼女はアダムスのことをまだよくおぼえていた。彼女の捕虜だったのだが、やがて友といえるまでになった。だからこそ、自分のことを尾行させたアダムスによけいに気を悪くしていた。突然テラナーがよりによってヴァアルサにあらわれたことを、それ以外にどう説明できるというのか？

「高位女性は取引を持ちかけ、アダムスも同意しました。パラ露を受けとったら、かれもおちつくでしょう。われわれは、カルタン人が将来にわたって、テラナーの領域やテラナーと同盟を結んだあらゆる種族に近づかないことを約束しました。そのかわり、われわれの銀河にも近づかないよう要求しました」

「そんなことで阻止できるだろうか」ダオ・リンは懐疑的だ。「それはべつとしても、《ワイゲオ》はヴァアルサで発見したことをただちに報告するだろう」

「情報は先に高位女性にとどきます。思考は通信波よりも速いですからね。協定は、アダムスがヴァアルサでのことを知る前に締結されるでしょう」

「それでアダムスをとめられるとでも？」ダオ・リン＝ヘイは怒りのあまり、目の前にいるのがロボットだというのを忘れた。「かれはきっと……」

〈心配無用！〉と、アルドゥスタアルの〝声〟がいった。〈すべては、おまえが考えているほど重要ではない〉

「これより重要なことってなんでしょう？」ダオ・リン＝ヘイは冷静さをとりもどし、すこし声を落として訊いた。

〈ラオ＝シンだ！〉〝声〟はおだやかに説明をはじめた。

＊

その言葉を、ダオ・リン＝ヘイは子供のころに聞いたことがあった。カルタンの老人は子供たちに、謎に満ちた場所について語り聞かせたものだった。その場所がどこにあるかはだれも知らず、語りの内容はたいていその場所を探す話だった。物語にラオ＝シン自体はほとんど出てこないが、だからこそダオ・リンは想像力をかきたてられた。

この話はすっかり忘れていたのに、物語とつながるすべての記憶が突然もどってきたことに、彼女は驚いた。自分は迷信的な考えとは無縁の、理知的で理論的に考えるカルタン人だと思っていたから。ラオ＝シン……それは楽園であり、戦いや争いのない未来であり、約束の地である。現実世界での要求がまだそう多くない子供か、あるいはそれ以上は増えそうにない老人のための、メルヘン王国だ。それ以上のことはかくされていないだろう。

〈おまえはまちがっている！〉と、アルドゥスタアルの〝声〟はいった。〈ラオ＝シンは実在するのだ。おまえはそれを耳にし、知覚することになる。はるか遠い道のりを航行する充分な能力を持つのだから〉

「ラオ＝シンは実在するのですね？　どうして長いあいだ見つからなかったのでしょう？　探しだそうというおろか者はたくさんいたのに！」

〈頭のなかや心のなかでは、どんなに探しても見つからない。ラオ＝シンはアルドゥスタアルから四千万光年はなれた宇宙の深淵にある。けれども、言葉でおまえを納得させることはできまい。旅立つのだ。目的地はラオ＝シンではない……それは時期尚早《しょうそう》だから。だが、ラオ＝シンがどこなのかわかる場所へ向かう。ロボットのいうとおりにしろ。信用していいから！〉

ダオ・リン＝ヘイはアルドゥスタアルの〝声〟や、惑星ヴァアルサでの奇妙な出来ごとをどう受けとっていいか、まだわからなかった。だが、もはやそんなことはどうでもいい。パラ露捕獲機は破壊され、自分はこの毒惑星に腰を据えている。《マスラ》の庇護者としての地位は、どっちみちとうの昔に失った。ロボットのいうことを信じたって、行き先がはっきりしない旅に出たって、いまさらどうということはないじゃないか？

もしかすると、最後には本当にラオ＝シンを見るかもしれない。それはまさに、支離滅裂な夢に似ていた。そのなかでは文字どおり、あらゆることが考えられるのだ。

ロボットは彼女を工廠施設の上部に案内した。そこでは武器や、搭載艇のような危険のないものが組み立てられて格納庫に送りこまれていた。

ダオ・リン＝ヘイは目の前にある宇宙船を見て、ネコのようなつりあがった目を細めた。それはまちがいなく、彼女をヴァアルサへと運んできた宇宙船《カサム》だった。ダオ・リンには《カサム》やその乗員にとくにいい思い出もない。

「なかに入るのか？」疑うようにロボットに訊いた。

「はい」と、ロボットは簡潔に返答して、彼女に箱をひとつ手わたした。ダオ・リンはそれをわきにはさむと、複雑な気持ちで《カサム》に足を踏み入れた。

「あなたがくるのを待っていた」と、主エアロックに入ったとき声がした。ダオ・リンは驚いて身をすくませる。そこに立っていたのはガ・リウ＝ミガイだった。《カサム》の男庇護者を自称しているが、男のカルタン人にはプシ能力がないので、男庇護者というものは存在しない。

ダオ・リンはなんといっていいのかわからなかった。本当に驚いたのだ。ヴァアルサへの飛行中、カルタン人の《カサム》乗員は全員、まるでダオ・リン＝ヘイがいないかのようにふるまっていた。ガ・リウ＝ミガイはずっと目を合わさず、質問にも曖昧《あいまい》な返事しかしなかったもの。それどころか、ただ黙りこんでしまうことも多かった。

どうして急に話し好きになったのだろう？

ガ・リウは彼女のかたわらで、この飛行でアルドゥスタアルの辺縁まで行くのだとくわしく説明する。かんたんなことを言葉をつくして説明するので、ダオ・リンはいらいらした。

「もう充分」と、かなりぶっきらぼうに答えた。「この銀河は外から見たことがある。わざわざ講義していただかなくてもけっこう」

ガ・リウ＝ミガイは壁にぶつかったように立ちどまった。ダオ・リンは歩きつづけたが、数秒後には、ちょっと冷たくしすぎたと気の毒になった。もうすこしがまんして駆け引きしていれば、なにか聞きだせたかもしれない。だが、もう遅い。振り向くと、ガ・リウはとっくに側廊へ消えていた。

不機嫌な顔で、指定された居室に入った。かわりばえしていない。物思いにふけりながら、ロボットに手わたされた箱を前に置いた。〝声〟がなにか指示するのではないかと、テレパシー能力で聞きとろうとしたが、なにひとつ聞こえない。そしてとうとう、好奇心に負けた。

箱を開けると、この旅が本当にふつうではない目的地に向かっていることが明らかになった。

箱に入っていたのは、ほかでもないパラ露だ。

ダオ・リン＝ヘイは茫然としてヌジャラの涙を見つめた。その数はゆうに二百粒を超えていた。

＊

飛行は《カサム》にありがちな単調なもので、ダオ・リン＝ヘイはとても孤独だった。アルドゥスタアルの〝声〟は強情に押し黙っている。その沈黙に耐えられなくなると、ダオ・リンは貴重なヌジャラの涙を使って、自分からコンタクトを試みた。プシ物質のちいさなかけらをひとつ、両のてのひらではさむ。力が自分に流れこむのを感じたが、それだけのことだった。

自分のキャビンをはなれるのはためらわれる。ヴァアルサへ向かった飛行中にすでに気づいていたが、《カサム》で任務についているカルタン人たちは、みな〝パラ不感〟なのだ。かれらから思考や感情を受けとることはできず、それが彼女を不安にした。まるで、感情のないロボットにかこまれているような気がしたから。できるかぎり、だれとも遭遇しないようにしていた。それはかれらに対してフェアでないと、自分にいいきかせながらも。だが、かれらの性質について、自分になにができるというのだ。

ガ・リウ＝ミガイは、ダオ・リンが飛行中も快適にすごせるよう、懸命に世話を焼いているかに見えた。一日に何度も連絡してくる。だが、毎回すぐに切りあげた。ダオ・リンは説明のつかない憂鬱《ゆううつ》に襲われ、ガ・リウが善意から元気づけようとすればするほど苦痛に感じた。《カサム》の男庇護者には繊細な感情が欠けているのか、そんなことにはおかまいなしに最新の情報を提供しつづけた。ある晩、ガ・リウが夕食をキャビンに運んできた。

ダオ・リンはその手から容器を受けとると、心配そうな表情に一瞬、心を動かされそうになったが、ガ・リウがドアの前に立ったまま帰ろうとしないので、いつもの短気が頭をもたげた。

「ひとりにして！」

ガ・リウ＝ミガイがしたことはその正反対だった。部屋に足を踏み入れると、ドアを閉めたのだ。

「なんのつもり？」ダオ・リン＝ヘイは憤慨した。「ひとりにしてといったはず……」

「承知している。そこを数分だけがまんしてもらいたい」うしろめたそうにしながらも、きっぱりした口調でいう。ダオ・リンが唖然として見つめるなか、ガ・リウはばつが悪そうに髭《ひげ》をなでた。困ったように説明しながら、いつもどおり目は合わさない。「われわれはあす、めざす宙域に到達する。いまからあなたに準備してもらうのが、わたしの任務だ」

「個人的な？」ダオ・リンはからかうようにいった。

ガ・リウ＝ミガイはとりあわない。

「いよいよそのときになったら、あなたが元気をとりもどしていることがだいじなのだ。だから、夕食抜きは絶対やめてもらいたい」

ダオ・リンは困惑したようにかれを見つめた。たしかに、何度も食事を抜いた。最初はパラ不感のカルタン人たちに会うのがいやで、食事に行かなかった。何日かすると、ドアの前に食事が置かれるようになったが、それでもたびたび食べずに放置した。

「それに、いろいろと思い悩むのをやめて、眠ったほうがいい」

「わたしのことを監視させているのか？」ダオ・リンの声は怒りに震えた。

ガ・リウは例によって視線を合わさない。それがかれの癖なのだが、彼女はさらに怒りを募らせた。

「わたしは命令にしたがっているだけだ」と、ガ・リウ。「それに、わたしはこの飛行を経験ずみなのだ。あすの体験が、あなたの心を深いところまで揺さぶるだろう。それを乗りこえるためには、強くなくてはならない」

ガ・リウはためらうように、キャビンのなかに視線をさまよわせる。ダオ・リン＝ヘイはかれの不安を理解し、怒りがおさまるのを感じた。

「どうした？」声がやさしくなる。「なにを恐がっている？」

ガ・リウはぴくっと髭を動かしたかと思うと、壁のしみを凝視していたが、ようやく口を開いた。

「あなたはラオ＝シンを感じとるだろう」まるで、だれかに頸を絞められているような声だ。「それに耐えられる強さを、だれもが持っているとはかぎらない。ある女カルタン人がいた。彼女は即座にラオ＝シンへ向かおうとして……」

かれがなにをいおうとしているのか、すぐにはわからなかった。

「どうなったんだ？」いらいらしている。

「消滅した」

ダオ・リンは恐怖で身の毛がよだつ。

「彼女はラオ＝シンへテレポーテーションしようとしたというのか？」ぎょっとして訊いた。

「そうだ」

「わたしはそんなこと絶対にしない」ショックを受けながらも断言した。

「あなたをおびやかす危険はそれだけではない。あなたがなにを感じとるかはわからないが、それはきわめて強いもので、精神が永遠に捕らわれてしまうかもしれないのだ」

ダオ・リン＝ヘイは突然、なぜ《カサム》の乗員がパラ不感のカルタン人だけなのかがわかった。自分がラオ＝シンから受ける印象が本当にそれほど強いものなら、ほかの者を道連れにする誘惑に駆られるかもしれない。それが〝ノーマルな〟乗員だったら、《カサム》をラオ＝シンへ向かって進めてしまい、永遠にそのままになるかもしれない。だが、ガ・リウ＝ミガイとその部下たちならそうはならないだろう。ダオ・リンはこの事実に心がすっと軽くなり、小声でこういった。

「わかった。気をつける」

「もうひとつ、いっておくことがあるのだ」《カサム》の男庇護者はほっと息をついて、「わたしはあなたの安全に責任がある。もちろん責任を負える範囲で。けれども同時に、この船と乗員の安全にも気を配らなければならない。われわれは全員、完全なパラ不感だ。そのような性質を持ち、かつ《カサム》のような宇宙船で任務につく資格があるカルタン人は、そうかんたんに見つからない。われわれはみなそれをわかっているし、ほとんどの者がここではパラ不感がプラス評価されると考えている。しかし、極限状態では自分の感情でひどく苦労する者もいるのだ。とくに女の乗員に多い。だから、あなたがヌジャラの涙を使ってラオ＝シンを感じとるのを、彼女たちには見せないほうがいい。彼女たち自身はけっして感じとることがないし、自分たちもそれはわかっているが、実際に見るのと見ないのとではまったく違うのだ」

「なにがいいたいか、よくわかった」ダオ・リンはショックをかくしきれないでいた。「いずれにせよ、わたしはキャビンにとどまって、ここからためすつもりだ」

「それでは不充分だ。ドームからためしてもらいたい。あそこは遮蔽《しゃへい》されているから」

「いいだろう」

「では、そのときになったら迎えにこよう」そういうと、ガ・リウ＝ミガイはドアへ向かった。

「待て！」ドアが閉まる前にダオ・リンが呼びとめた。

ミガイは振り向いたが、やはり視線は合わさない。

「すまなかった」と、当惑してダオ・リンはつぶやく。「そうした事情をすべて知らなかったので」

「すまながることはない。われわれは全員、この事態に慣れているから」

ダオ・リンはしばらくドアを見つめたまま、パラ不感とはどういうことか考えたが、想像もつかない。ただ、とてつもなく恐ろしいことだろうとは思った。男カルタン人には強力なエスパーがいないのでなんとか耐えられるかもしれないが、女カルタン人にとっては残酷な運命にちがいない。

ダオ・リンはこの考えを無理やり拭い去った。

ガ・リウのいったことは正しかった。自分の力をむだづかいしてはならないのだ。たとえラオ＝シンがどういうものであろうと、冷静沈着にたちむかわなければ。

＊

翌日、ダオ・リンはヌジャラの涙の箱を持ち、迎えにきたガ・リウ＝ミガイのあとについて、しずまりかえった無人の通廊を進んだ。だれにも出会わない。《カサム》はまるで死んだ船のようだった。

「この通廊は封鎖しておいたのだ。だれも誘惑されないように。プシ物質を使っても、われわれの不感が変わらないことはわかっているが、ためそうとする者がいないとはかぎらないので」

「ためしてみる価値はあるだろう！」

「そういう実験はもうおこなわれた。成功する例もあったのだ。だが、《カサム》のカルタン人にはいなかった」

ダオ・リンは困惑し、なにもいわない。

ドームは空《から》だった。ふつうなら、ここにはヌジャラの涙といっしょにエスパーが収容されている。《マスラ》の庇護者だったダオ・リンがここのドームを見たのははじめてだが、そのようすに驚いた。なぜ《カサム》にはエスパーがいないのか、パラ露がないのか、その理由はもう知っていたが、主《あるじ》のいないキャビンや埃《ほこり》っぽい通廊を目《ま》のあたりにするとおちつかなかった。

「なぜ掃除ぐらいしないいんだ？」

「ここをあちこち歩きまわりたいという者はだれもいないので」と、ガ・リウが答える。

「心配はいらない。このセクションは技術的にはまったく問題ないから」

「そうだろうとも」ダオ・リンはとげとげしくいって、咳《せ》きこんだ。足もとの埃が舞いあがったからだ。「だが、どうやったらこんなところで集中できるというんだ。ラオ＝シンは……」

ダオ・リンの言葉がとぎれた。ガ・リウがドアを開けると、その向こうに明るく照らされた清潔な部屋が見えたのだ。

「ま、いい」と、つぶやいた。「で、これからどうなる？」

男カルタン人がスイッチを操作した。照明が消える。ダオ・リンは息をのんだ。湾曲した壁面が開くと、透明のドーム内に立っていたのだ。見わたすかぎり、光のない銀河間虚無空間がひろがっている。予想外の光景を見てはげしい目眩《めまい》に襲われ、ぎこちなく床にすわりこんだ。

「われわれがいるのは、正確にいえば星の島の外側ではないが」ガ・リウの声は聞こえたが、突然の暗闇で姿は見えない。「《カサム》と、あなたが意識を集中させるべき目的地とのあいだに恒星は存在しない。あなたに目的地をしめすことは、わたしにはできない。目的地は自分で見つけるしかないのだ。時間をかけるといい。わたしはここにいてあなたを見守る」

ダオ・リンは暗闇をじっと見つめた。

「必要ない。ひとりにしてくれ！」

「そうしたいのだが、それは許されないのだ」ガ・リウは小声でいった。

ダオ・リンはかれの考えも感情もとらえられなかったが、かれが真実をいっていることはわかった。ガ・リウは不安なのだ。声でわかる。いまこの状況で、その不安は彼女のなぐさめになった。孤独感や恐怖感がやわらいでいく。

だんだんと暗闇に目が慣れてきた。ぼんやりしたちいさな光の点が見えたかと思うと、無限のなかにちいさくなって消えていく。その点がどれも星の島であるとわかった。島々の多くは、彼女の背後にあって視野に入らないアルドゥスタアル……テラナーが三角座と呼ぶ銀河……より、はるかに大きい。

銀河間に横たわるこの空虚を知らないわけではなかった。《マスラ》をひきいてヌジャラの涙の源泉、未知の不思議な生命で満ちた星の島まで行ったことがあったから。さらに、テラナーの故郷がある銀河系、サヤアロンまで。だが、直接こんなふうに無限を目のあたりにしたことは一度もない。この恐るべき空虚と自分とのあいだには、技術装置によってバリアがつくられ、かぎりなくつづく暗黒をやわらげている。ダオ・リンは、ある星の島にとくに引きつけられるように感じた。光点を近くに見せる光学機器があるわけでもないのに。その島はほかの島とくらべて大きくも明るくもない……すくなくとも、この距離からは。それでも、そこからはたんなる光と違うなにかが発せられていた。

ダオ・リンはためらいつつ、箱を開けた。ひとつかみのヌジャラの涙をとりだし、自分の力が強まって感覚が鋭敏になるのを感じる。未知の星の島が明るさを増したように見えた。光の放出が強まっていく。しかし、それは目に見える光ではなく、純粋なプシ放射なのだ。

それが、ラオ＝シンだった。

ダオ・リンの望みはただひとつ。それをもっとはっきり感じとり、ラオ＝シンに関することをすべて見つけだしたい。ダオ・リンはのこりのパラ露をすべて使った。このためにロボットがヴァアルサから持ってきたのだから。それはある種の陶酔のように彼女を襲った。

ヌジャラの涙を使いはたし、多幸感がさめていくと、ダオ・リンは疲労困憊《こんぱい》していた。空になった箱が手から滑り落ち、床に当たって音をたてる。

ガ・リウ＝ミガイが無言で明かりをつけ、透明ドームの壁にグレイのブラインドをおろした。

「立てるか？」と、小声で訊いてくる。

ダオ・リンは身を起こすと、かれのほうによろめいた。ガ・リウは彼女の肩に腕をまわし、キャビンに連れ帰った。

「われわれは、いつかラオ＝シンに到達する」キャビンに帰ってくると、ダオ・リンはそういった。

ガ・リウは黙ったまま、いつものように視線を合わさない。彼女はつづけた。

「そこは神秘的な場所ではない。プシオン力で完全に満たされている星の島にちがいない。その放射はまちがいなく強大なものだ。われわれがそこに到着したら、あなたでもそれを感じとるだろう！」

「想像もつかないが」ガ・リウは冷静にそう答えると、キャビンを出ていった。

3

〈プシオン標識灯は何年も前に発見された〉と、〝声〟はいった。〈それはカルタン人に予告した……種族の未来がそこに、遠くはなれた星の島ラオ＝シンにあると。この呼び声をすべての高位女性が聞き、あらゆる努力をして宇宙航行を進化させた。二十年前、最初の四段式遠征船がラオ＝シンへ派遣された。だが、その船はもどってこなかった。船と乗員がどうなったかはだれも知らない。数年前、さらに五隻が派遣されて目的地に到達した。それらの最終段から新しい一宇宙船が組み立てられ、その帰郷船によって、ラオ＝シンへの入植が報告された。つまり、カルタン人がラオ＝シンに到達できたことが証明されたのだ。ヴァアルサをふくむ三つの工廠惑星ではウムバリ級遠征船の大量生産がはじまっている。ダオ・リン＝ヘイよ、おまえは次の遠征船の庇護者としてラオ＝シンへ飛ぶのだ。そこで入植地を拡張し、新しい惑星を開拓せよ。いつの日か、カルタン人種族の全員がラオ＝シンへ行くときのために。おまえに期待されているのは非常に大きな使命だ〉

「はい」ダオ・リン＝ヘイは情熱をこめてささやいた。「この使命をはたすべく、最善をつくします」

彼女は〝声〟が自分にいったことの意味や正当性については疑わなかった。自分でラオ＝シンを感じとっていたから。

ほんの数日前だったら、任務の重圧に愕然としたはず。カルタン人ほどの大種族を遠くはなれた星の島に移住させるなど、いったいぜんたい可能なのかと問うたにちがいない。

いまや、そんな疑問は無意味になった。問題はうまく処理されるだろう……ダオ・リン＝ヘイはそう信じて疑わない。一度ラオ＝シンを感じとった者は、カルタン人の未来がそこにしかないと知る。どれほど大きな犠牲をはらっても、あの光り輝く目的地を忘れることはできない。

〈毎年、三、四隻の遠征船があとにつづくだろう〉と、〝声〟がつづけた。〈いずれの遠征船も大量のパラ露をラオ＝シンへ運ぶ。おまえの仕事はヌジャラの涙を秘密の場所に保管し、監視し、防護すること。それが最重要任務だ。ひと粒たりともヌジャラの涙を失ってはならない。また、やむをえない場合でなければ使ってはならない。パラ露は、すべてのカルタン人がラオ＝シンに到着するまで保管しておくこと〉

「了解しました」

さらなる指示を待ったが、〝声〟は沈黙した。そのかわりに、自動装置が来客を告げた。

ガ・リウ＝ミガイだ。開いたハッチの前に立ち、ダオ・リンを見ないようにしている。

「最終組み立てがはじまった」報告も事務的だ。「上へ連れていこう」

「なんのために？」

「あなたが自分の目で確認するのがいいと思うので」

ダオ・リンはしなければならない準備の多さを考え、小声でいった。

「ごくろう。だが、船の外観がどうなるかは知っている。もう何週間も、これよりほかに目に入るものがなかったから」

ガ・リウは壁一面をおおいつくしている図面に視線をうつした。

「外から見たら、がらりと印象が違うかもしれない。もちろん、断ることもできるが」

ダオ・リンは数字の羅列が無限にうつしだされた図面を見つめ、打ちのめされた気分になった。大きな目標にどれほどの熱意をかたむけていようと、こんな図面に関わる気にはなれないから。けれども、見学ツアーに出かけるには疲れきっていた。

「あなたの船になるのだぞ」ガ・リウはダオ・リンに思いださせた。「その誕生に立ち会うべきでは。それに、命名もあなたの役目だ」

ダオ・リンは、ガ・リウが遠征船の最終組み立てを〝誕生〟と表現したことをおもしろがり、たしかにそうだと思った。鉤爪の先まで伸びをし、こわばった筋肉がゆるむのを感じた。

「よかろう。見ることにしよう」

＊

惑星フェリーがヴァアルサの毒性のある高密度の大気圏から抜けだすと、ダオ・リン＝ヘイは驚いた。カルタン人が軌道上で活発に活動をくりひろげ、惑星フェリー数百機があたり一帯を飛びかっている。通信機器から無数の声が聞こえたが、ダオ・リンにはひと言も聞きとれない。ガ・リウがそこにいたカルタン人の若者をどなりつけ、微調整させた。それでも、ざわめきや叫び声がときどきまじった。

「もしいま、マーカルがきたら……」と、ダオ・リンがつぶやいた。

「くることはない」と、ガ・リウ。「監視所をもうけているし、エスパーも見張っている。それより、船を見てくれ。すばらしいだろう？」

ダオ・リンは黙りこんだ。正直にいえば、最初にその光景を見たとき、どちらかというと同情をおぼえるような気になってしまったのだ。

その船はあまりに大きすぎるため、ヴァアルサの地上で建造したのちに惑星表面から出発することはできない。ヴァアルサの大気にきわめて腐食性の強い成分がふくまれることも関係している。次回かその次には、せめて個々の段が自力で軌道に到達できるようになるだろうか。ダオ・リンが見た設計図はおおいに期待の持てるものだった。だが、この船……彼女の船……は、宇宙空間で部品から組み立てられている。完成した姿が想像できるとはいえ、まだ一段めの壁にさえ穴が数カ所あいていた。ほかの段では、宇宙服姿のカルタン人があたりをはいずりまわって外殻セグメントを組み立てている。大型の円盤形宇宙船がヴァアルサから長さ六百メートル、厚さ二百メートルの赤道環を運んできた。これは一段めの側面にフランジ接合するもので、ヌジャラの涙の収集用だ。このタイプの船の場合、エスパー・コクピットは外殻の内側にある。すでにとりつけが完了しており、外からは見えなかった。

ダオ・リンが最初の三段の組み立て作業を観察しているあいだに、一段めがほぼ完成形になった。この大型宇宙船は、ヴァアルサではなく銀河中心付近の恒星密集域からきた《マスラ》に似ていた。

ダオ・リン＝ヘイはプシ能力のあるカルタン人が近くにいると感じた。どうも大量のパラ露を監視しているらしい。見ていると、そのエスパーはパラ露を四段式宇宙船に運びこみ、そのままそこにとどまった。周辺ではまだ作業がつづいている。

ダオ・リン＝ヘイは思わず、そのようすに見とれた。

ヴァアルサには数週間のあいだ滞在していたので、そこでの作業がどれほど緊張を要するものかは知っている。だが、ここではすこしようすが違った。

彼女ははじめて、ラオ＝シン・プロジェクトにどれほど膨大なエネルギーを投入されているかを知った。すると、なにもせずに見ていることに罪悪感をおぼえた。

「われわれも手伝えないだろうか？」と、とっさに訊いた。

「だめだ」ガ・リウ＝ミガイはあっさり否定した。「すべての工程が厳密に計画されている。われわれが手を出したら混乱するだけだ」

「では、なんのためにわたしをここへ連れてきたのだ？」

「命令にしたがっただけ」

だれから命令されているのか、ダオ・リンは何度か聞きだそうとした。かれが服従している相手は〝声〟なのだろうか？ いや、そもそもパラ不感者ガ・リウは〝声〟を聞きとれるのだろうか？

出会って最初にそのことを訊いたのだが、かれは沈黙を守った。ガ・リウはかれ自身が認める以上のことを知っていると、彼女は感じた。ふつうの状況なら、彼女は自分の能力で情報を得られるあらゆる機会を利用しただろう。たとえ本人の同意がなくても。だが、ガ・リウにそのやり方は通じない。

かれに上司はいないようだ。ロボットと話しているところは何度か目撃した。そのロボットは、下の階にある秘密の工廠施設の技術者にも指示を出している。

ダオ・リンはこれらの考えをわきへ押しやった。そういう疑問に関わり合うのは自分の仕事ではない。したがうべきは〝声〟の命令だ。

外では、ラオ＝シンへ行くための船ができあがっている。それ以外のことはすべてどうでもいい。

「名前はどうする？」と、ガ・リウが訊いた。

「《シンダハ》」と、ダオ・リン。

その意味は〝未来への道〟である。

「ぴったりの名前だ」ガ・リウも気にいったようだった。

＊

特別な日がやってきた。《シンダハ》が完成し、四千名のカルタン人乗員が乗りこんだのだ。ヌジャラの涙を保護する使命を負ったエスパー百名もふくまれている。もちろん、この巨大な宇宙船を損傷から守るのが役目だが、涙はもっとも重要な積み荷でもあった。五千万粒という想像を絶する量で、この財産にはできるかぎり手を触れずにおかなければならない。

惑星ヴァアルサとの別れはあっという間で、型にはまらぬものだった。ヴァアルサでは出発が祝われたが、船内では祝う時間さえなかった。カルタン人は充分に時間をかけて《シンダハ》に習熟したはずだったが、現場はあらゆる点でようすが違ったから。

ようやくラオ＝シンに向けての旅がはじまった。この航行はゆうに二年はかかる。《シンダハ》が銀河間の深淵を超えるために費《つい》やす時間だ。

最初は刺激に満ちた日々も、すぐにルーチン化した。アルドゥスタアルはちいさな光の点になって無限の彼方に消え去り、はるか遠い目標は到達しがたいものに思える。大型船がものすごい速度で宇宙空間を疾駆しているというのに、カルタン人たちにとっては、まるで船が漆黒のなかに凍りついているかのようだ。

それでも《シンダハ》内の雰囲気はよかったし、ダオ・リン＝ヘイもうまく乗員を指揮していた。それはそうと、この船にはガ・リウ＝ミガイも、配下のパラ不感者百名ほどとともに乗っている。ダオ・リンは最初、そのことに驚いた。「単純な話だ」ガ・リウはいつもどおり、手短に説明した。「ラオ＝シンをふたたびはなれる必要が生じても、われわれには支障はない」

正直なところ、ダオ・リン＝ヘイはそんな問題があることすら考えていなかった。《シンダハ》がラオ＝シンまでの行程を四分の一ほど過ぎたとき、四段めのリニア・エンジンが動かなくなった。そんなことでカルタン人は不安にならない。その反対だ。この段は予定されていたよりはるかに長持ちした。

乗員が総がかりでまだ使える部品をとりはずし、のこりの三段に運び入れ、ふたたびとりつける。すべてが終わると、四段めを完全に切りはなした。乗員一同、空っぽになった《シンダハ》の四段めが連結をはずされ、星の島のあいだにひろがる無限の深淵に置き去りにされる瞬間を見守った。カルタン人は当然のようにこの日を祝った。

ただ、三段めのエンジンが燃えつきて《シンダハ》が半分になったときの感激は、それほどでもなかった。いくらか疲れがひろがっていた。

一年が過ぎたが、目的地はまだ遠い。外界との接触もまったくない。アルドゥスタアルははるか遠く隔たり、ラオ＝シンに近づいていると感じることができる乗員はエスパーだけだ。それにくわえて、船内がせまくなったことが実感された。燃えつきた段は、機能が許すかぎり居住用に使っていたが、二段めを切りはなす時点が近づくと、さらに手狭になるのをいやがる者も出はじめた。一段め、つまりエスパー・コクピットとパラ露容器をそなえた本来の《シンダハ》だけが、ラオ＝シンに到達することになるだろう。

＊

ここまで過去の記憶にふけっていたダオ・リン＝ヘイは、考えた。

自分はあの瞬間に過ちをおかしたのだろうか？　いま、こうして呼びもどされるほどの重大な過ちを？

ラオ＝シン入植地の建設に携わったカルタン人たちは、アルドゥスタアルにもどってきたとき、長旅の困難さについては教えてくれなかった。話題にのぼったにはちがいない……だが、ダオ・リンに教える必要はないと〝声〟が考えたのだろう。

ダオ・リンも出発前にそんなことはたずねなかった。それもまた、過ちだった。ラオ＝シンに到達したいという願望にとりつかれるあまり、目的地までの道のりをたんなる一ファクターとして軽視してしまった。そのとき彼女は、忘れていたのだ……ほとんどのカルタン人は、遠くはなれたラオ＝シンを感じとることができないのだということを。

もちろん《シンダハ》乗員はみなそのことを知っていたし、この飛行の所要時間も聞いていた。ダオ・リン＝ヘイが知るかぎり、かれらは以前、ヴァアルサかほかの工廠惑星ふたつでプロジェクトに従事したことのある志願者のみで、船とその目的も理解し、この旅で避けられない状況についてもくわしく聞いているはずだった。

それでも、実際に体験してみると話は違う。

《シンダハ》はカルタン人の尺度では宇宙飛行技術の傑作だが、当然ながらメンテナンスや整備を必要とする。それに、きわめてきびしい安全規定があった。もちろん、それには理由がある。銀河間の深淵で技術的損傷が生じようものなら、宇宙船の状況は絶望的だからだ。それは乗員にとっても同じこと。なにかあったときに緊急着陸して生きのびられるような惑星はひとつもない。そのうえ、積み荷のパラ露もまったく助けにはならない。もし大量のプシ・エネルギーが突発的に解きはなたれでもしたら、アルドゥスタアルへ帰ることも、ラオ＝シンに向かうこともできなくなる。

そんなわけで《シンダハ》は、無数のちいさいジャンプとわずか数日程度のリニア飛行をくりかえして前進をつづけた。船が通常空間にもどると、技術者がエンジンを徹底的に点検して分解修理した。

旅の最初のころは……新しい段を使用しはじめてからも……こうしたテスト期間のあいだ、ひとつの欠陥も見つからなかった。それでも毎回、テスト項目を最初から最後まで漏らさず実施しなければならない。出発直後はだれひとり思いもよらなかったが、四段めを切りはなしたあとは、ダオ・リン＝ヘイでさえ、なにか故障が見つかってこの退屈きわまりないルーチン飛行が終わらないかと願った。

のちにエンジン機能が低下したときは、技術者が対応した。だが、前より満足のいく結果になるわけがない。その逆だ。数名の者は話に尾ひれをつけ、悲観的な予告をして仲間を不安がらせたりもした。

かたや、敏感なエスパーたちは通常空間にもどるたびに神経をとがらせた。旅が長引くにつれて、そのいらだちはますます悪化した。彼女たちはラオ＝シンを感じとれるので、早く目的地に到達したいと気持ちがはやるからだ。それでも、虚無空間には船やヌジャラの涙を脅かすものはなかったから、彼女たちは安心して好きなだけいらだちをぶつけることができた。

だが、最悪だったのはラオ＝シンに到着してからしか任務のないカルタン人だ。《シンダハ》ではほとんどすることがない。もちろん、なんやかや仕事はあたえられてはいたが、充分とはいいがたく、ひまを持てあましてスクリーンを見つめるしかないのだった。

最初、かれらの注意は長旅の先にある目的地の銀河に向いていた。だが、三段めを切りはなしたころには、出発して一年を過ぎていたのに、目的地が近づいたようには感じられなかった。リニア飛行中は、スクリーンにラオ＝シンだけがうつっている。しかし、《シンダハ》が通常空間にもどると、光学装置は船の周囲の宇宙空間をとらえており……そこにはまったくなにもないのだった。目にとまるようなものは皆無《かいむ》で、その背後になにかありそうな、すくなくとも空想くらいできそうな宇宙の塵雲さえなかった。

こうしたことすべてが心理的圧力を生みだし、《シンダハ》の乗員は三つのグループに分断されていった。

エスパーは技術者たちから距離をおくようになり、かれらが試験工程や修理を不必要に長引かせていて、安全規定も融通がきかないと、ことあるごとに主張した。

そんないいぐさは不当だと技術者たちは反発し、問題が起きるとエスパーのせいにした。航行速度をあげてみなの安全を犠牲にしているといつわり、のこりの乗員を味方につけようとしたのだ。しかし、技術者のいいぶんもまったくの間違いではなかった。

この対立を傍観していたのこりの乗員は、引き返すか、それともエネルギーの浪費に目をつぶってラオ＝シンに最高速度で向かうかに分裂した。最高速度説の支持者は少数派だったが、技術者からもエスパーからも熱心に勧誘された。引き返し賛成派は、カルタン人種族の利害対立のはざまでしだいに気分が沈んでいった。もどることは許されないのだと知ってはいたが、旅をつづけたいという強い意志もない。かれらの関心はだんだんと、現在のコースを横切る方向にある一銀河へと向けられた。その銀河は、まさにこの重大時に、数週間で到達できそうなポジションにあった。

暴動が起こるような心配はなかった。すくなくとも、これが深刻な問題につながるという事実をダオ・リン＝ヘイがはっきり自覚するようになった時点では。だが、もし彼女がこのことに目をつぶっていたら、《シンダハ》のミッションはおそらく失敗していただろう。すくなくとも、船は大きく乗員を減らしてラオ＝シンに着いていたにちがいない。

ダオ・リンは、決断をくだしたあの日のことをはっきりおぼえていた。

4

ほとんど発言しない第四のグループがあることを、ダオ・リン＝ヘイは知っていた。ガ・リウ＝ミガイと配下のパラ不感者だ。

公式には技術者に属するが、あちこちにうごめく陰謀には与《くみ》せず、そんな状況でもおちつきはらって任務をはたしていた。それを見て《シンダハ》の庇護者は感心した。彼女にいわせれば、無限につづくかのような旅に憤慨する理由を持つのはパラ不感者だけだ。それなのに、こうもおちついていられるのはなぜなのか、知りたかった。それで、ガ・リウのもとを訪れたのだった。

かれに特別な好意を持っているどころか、その反対だったが、自分の知らないことを知っているのではと疑っていた。配下の者たちの態度を見ると、その疑いはますます強くなる。

出発前、すべてのカルタン人には船の最終段にある居室が割りあてられていた。それはカルタン船の標準的な居室で、豪華とはいかないが、がまんできる範囲だ。エスパーたちは当然ながら最終段にとどまっていて……パラ不感者たちも同様だったが、ガ・リウとその配下の者たちは、多くのカルタン人がしているような時間つぶしの活動には見向きもしなかった。かといって、べつの居室を要求することはしない。スクリーンにへばりつくでもなし、自由時間にとくになにか要求があるわけでもなし、自分たちがかたづけた仕事に拍手喝采しているわけでもなかった。

ガ・リウ＝ミガイは自分のキャビンにダオ・リン＝ヘイを招き入れた。室内が非常に簡素なので、《シンダハ》の庇護者にはまるで《カサム》にもどったかのように感じられた。冷たく殺風景《さっぷうけい》な空間で、住む者の冷たさがあらわれているようだ。ダオ・リンはあやうく引き返しそうになる。よりによってこのパラ不感者が、自分の問題にすこしでも理解をしめしてくれるとは思えなかったから。だが、驚いたことに、ガ・リウはこういった。

「わたしは知っている、あなたの心になにが重くのしかかっているのか。ラオ＝シンは遠すぎるからな」

そういいながら、ガ・リウは目を合わさない。彼女と話すときはいつもそうだ。

「そのとおりだ」ダオ・リンは不安げにつぶやいた。「どうすればいいだろう？」

「わからない」ガ・リウは冷静に答えた。「ラオ＝シンのことはよく知らないから」

「プシオン・エネルギーが満ちあふれた場所だとか」ダオ・リンは思案顔で応じる。

「それだけで、わたしに想像がつくとでも思うか？」相《あ》いかわらず冷静だ。

ダオ・リン＝ヘイはうろたえてかれを見た。

「悪かった。わたしは……」

彼女は困って黙りこんだ。パラ不感という性質をこんなふうに示唆《しさ》するのが無粋なことだと自覚していたから。と同時に、ガ・リウ＝ミガイを理解するのは永遠に無理だと思い知った。ふたりのあいだには共通点がまったくない。ふたりを隔てているのは、ある特定の知覚能力を持つかどうかという事実以上のものだ。パラ不感というのは、ほかの障害よりもやっかいだった。

ラオ＝シンが実在することがひろく知られたなら、たちまちカルタン人種族全体が同じ目標に向かって熱狂するだろうが、ガ・リウが同じようになることはけっしてない。

では、どうしてこの旅に同行すると意志表明したのだろう？

《シンダハ》の庇護者ダオ・リンが勇気を出してそれを訊こうと決心するより先に、ガ・リウはおちつきはらってこういった。

「あなたはラオ＝シンのことをだれにも説明できていない。ラオ＝シンとはなにか、理解しているのはエスパーだけだ」

「わかっている。だが、いまこのときに、そんな話はなんの助けにもならない」

「カルタン人はわずかな例外をのぞいて、プシ現象を感じとる能力を持っている。その現象が充分に強力であったらの話だが」ガ・リウ＝ミガイは淡々とつづけた。「つまり、かなりの現象は、それをエスパーが増幅することで、ふつうのカルタン人も感じとれるようになるわけだ」

彼女は驚いた顔でパラ不感者を見つめ、

「そうかんたんなことではない」と、応じた。「それにはヌジャラの涙が必要だから。やむをえない理由がないかぎり、備蓄の涙に手をつけることは禁じられている」

「この遠征を成功させることが、やむをえない理由だとは思わないか？」と、ガ・リウはおだやかに訊いた。

正論だ。だが、それでも〝声〟の命令に逆らうのは容易ではない。

ダオ・リン＝ヘイが《シンダハ》の司令室にもどると、船のコース変更に賛成している十名からなる一グループが待っていた。ダオ・リンは行動を起こすときがきたと悟った。

彼女はエスパーに命じて数千粒のヌジャラの涙を貯蔵庫から持ってこさせた。それを使って、ラオ＝シンについて感じとったものを増幅し、乗員たちに伝える。

もちろん、ダオ・リン自身が《カサム》の透明なエスパー・コクピットで感じとったものとはくらべものにならなかった。だが、旅の先にあるのは空虚ではなく魅力的な目的地なのだと、カルタン人たちを納得させるには充分だった。

そのときから、引き返そうとかコースを変えようなどといいだす者はいなくなった。

ダオ・リン＝ヘイはこの出来ごとについて、最初に機会が訪れたさいに報告していた。そのとき、この件を不快に思った者はだれもいないように見えた。それにくわえて彼女は、ラオ＝シンへの長旅で問題が起きたらパラ露のしずくを数粒使うことまで、はっきりと奨励したのだ。それについても不快に思った者は皆無だった。

しかし、彼女は急に思いだした。このデモンストレーションによって納得したグループの代表が、キョン家の者だったことを。

さらに、ダオ・リンにかわってラオ＝シンで指揮をとることになったのも、キョン家の者だ。

グレート・ファミリーのあいだで、いさかいがあったのだろうか？

それは《サナア》がアルドゥスタアルに到着したらわかるだろう。それまでは、過去について考えをめぐらす以外、なにもすることがなかった。

5

実際のところ、目的地は単独の星の島ではなかった。たがいに入りこんだかたちの、ふたつのべつべつの星の島だ。この現象を引き起こした時空に関してはあまりに壮大すぎて、寿命があるカルタン人はそれについてあれこれ思い悩むことさえできない。それはべつとしても、もしラオ＝シンがどういうものなのかをすこしでも想像できたなら、地獄にまっしぐらだと思ったにちがいない。

まだ歴史の浅い入植地は、ふたつの星の島が重なり合う宙域の一惑星にあった。惑星は最初に成功したカルタン人遠征隊の名にちなんで、フベイと名づけられた。

この惑星を見つけるのはむずかしくない。帰還した船が必要な座標データを持ち帰ったからだ。しかし、カルタン人のなかには、入植地における自分たちの新文明の出発点を想像することはむずかしいと考える者もあった。それがラオ＝シンとなると、いわずもがなだ。

入植地はとてもちいさかった。最初の遠征隊は五隻編成だったが、フベイに到着したカルタン人二万名のうち二千名ほどは、五つの最終段からつくられた船に乗りこんでアルドゥスタアルに帰還する必要があった。将来的には、こうした帰郷船の乗員数は減るだろう。だが、当時はまだ、最初の遠征隊参加者から入手できる経験がなかったのだ。ラオ＝シン残留組の数名は、この未知の星の島を調査に出かけた……充分に用心しながら。だが、帰ってこない者もいた。

ダオ・リン＝ヘイがフベイで目にしたのは入植地の基礎部分だけだが、それはかなり小規模だった。寝泊まりする場所についても、本来なら準備されているはずだった。それがないと、新来者がすぐに仕事にとりかかれない。だが、わずかな部分しか完成しておらず、事前に計画されていた工房や工業施設もかなり貧弱に見えた。

ダオ・リンは猛烈な勢いで作業にとりかかった。

最初の遠征隊の庇護者とくらべると、彼女には有利な点がふたつあった。乗員が長期間の飛行で死ぬほど退屈していたところへ、ようやくまともな仕事をあたえられて夢中になったこと。そして、初回から四年以上が過ぎてようやくあらたな遠征隊がラオ＝シンに到着し、待ちわびていた入植地の住人に希望と勇気をもたらしたこと。

最初の遠征隊の庇護者はショ・ド＝ヘイという名で、ダオ・リンの遠縁にあたる。といってもかなり遠い親戚で、大昔からカルタンに定住してはいないファミリーの傍系出身だ。

ショ・ド＝ヘイが高位の親戚をてこずらせることはなかった。その反対で、ダオ・リンに責任をゆだねることができてよろこんでいた。

「ヌジャラの涙をおさめる倉庫は準備してある」ショ・ドは入植地を案内しながら説明した。「ただ、住宅地のそばにあるので、仮の倉庫にすぎないが」

「連れていってほしい」と、ダオ・リン。

その日フベイは荒天の寒い日で、やせた大地に雨まじりの雪が吹きつけていたが、カルタン人にはなんでもない。こういう気候には慣れていた。

「天然の洞窟を見つけて、倉庫につくりかえたのだ」ショ・ドはグレイの金属製ドアを開きながらそう説明した。ドアの向こうは山の岩塊に直接通じていて、その麓《ふもと》に入植地があった。

ダオ・リンは最初の倉庫を見学して満足した。洞窟はひろく枝分かれしていて、ちいさな空洞がたくさんあり、かんたんに仕切ることができる。完成していたのは洞窟の手前側だけだが、そこに最初の遠征隊が運んできたパラ露が保管されていた。

涙の量は比較的すくなく、それをエスパー五十名が監視していた。彼女たちは効率よく仕事ができるよう、工夫している。もともとの洞窟系統とははずれたところにある倉庫の上の、カムフラージュした部屋に住んでいた。外からは天然の岩に見えるが、なかに小部屋がならんでいるのだ。そこからは住宅地全体を見おろし、仮設の宇宙港を見わたすことができた。

パラ露保管用に準備された洞窟はほかにふたつあり、エスパーの住居も同様にしつらえてある。ただ、ダオ・リン＝ヘイはあまり気にいらなかった。

最初のうちは、なぜ気にいらないのかはっきりしなかった。だが、ショ・ド＝ヘイもどうやらこの倉庫に納得していないようで、

「短期間で完成させるには、ほかに方法がなかったのだ」と、謝罪した。「フベイでは、いろいろとむずかしくて」

「なぜ？」ダオ・リンは探りを入れた。「なにか危険なことでもあるのか？」

「基本的には、ない」ショ・ドは困惑しているようだ。「無人惑星だし、フベイに興味を持つような宇宙航行種族もいないと思われる。生活条件は良好だ。農業に適した谷も多数見つけた。最初の二年間は収穫がすくなかったものの、いまはもう、入植者だけでなく、到着したカルタン人にも充分にいきわたる備蓄がある」

「ありがたい！」ダオ・リンは満足げだ。

「それはそうなのだが」ショ・ドの声はちいさい。「でも、心配なのはそのことではない。われわれはみな、ここは想像していたラオ＝シンとは違うと感じているのだ」

「それはわたしも感じていた」ダオ・リンもうなずいた。「エスパーたちはラオ＝シンにいることをはっきり感じとれるが、それ以外の者たちはほとんど気がつかないといっ

ていい。かれらは自分たちも同じように実感できると思っていた。それで、がっかりしたというわけだ」

「それだけではないのだ」ショ・ドは不快感をあらわにした。「この星の島には、宇宙航行するさまざまな種族が住んでいる。フベイは通常の飛行ルートからはなれているため、われわれが恐れるような危険はほとんどない。けれども、カルタン人が全員ラオ＝シンに移住するとなれば、準備は困難になるだろう」

「そうしたほかの種族に対して、われわれは自分たちの意志を押しとおすだろう」ダオ・リンは冷静だ。

「そのことは疑っていない。けれども、だからこそ、困ったことになるかもしれないのだ。この星の島の住人は、奇妙な戦争崇拝に熱中しているから」

「つまり、かれらがわれわれと戦うことに執心しているというのか？」

「すくなくとも、衝突を避けようとはしていない。それだけならまだいいが、その戦争崇拝に、ほかの種族を無理やり引き入れようとしている。注意していないと、われわれもいつかかれらの軍勢にさせられて、未知の星の島での作戦行動に参加することになる。ラオ＝シンの建設をほうりだして」

「かれらとの接触を避ける必要があるな」ダオ・リンは現実的な決断をくだした。「そうかんたんではないだろうが、やるしかない」

ダオ・リンはショ・ドを観察した。彼女は岩でできた壁にもたれ、なかば伸ばした鉤爪を頸に当てている。

「まだほかになにか？」と、ショ・ドに訊いてみた。

「次の船がくるまで、また四年待たねばならないのだろうか」

「それは心配無用。今後は毎年四、五隻のペースでラオ＝シンにやってくる」

「ほっとした」ショ・ドは深く息をついた。「待つあいだは苦しくて、不安が募ったもの。ここはまったく外部と切りはなされた世界で、次の船が本当にくるのかわからなかったから」

「あなたたちの出発前に、後続船の予定は決まっていたはずだが！」

「それはそうだが、アルドゥスタアル側の考えが変わるかもしれないだろう？」

ダオ・リンは《カサム》の透明なエスパー・コクピットでのときのことを考えた。

「そんな心配はいらない」ダオ・リンはそっけなくいった。「アルドゥスタアルからでもラオ＝シンを感じとれるエスパーは大勢いる。ラオ＝シンはきわめて魅力的な目的地だ。もしここでほかの種族や、先ほど話題に出た戦争崇拝者とのあいだで本当に問題が起きたとしても、全カルタン人種族の移住が断念されることはない。必要な準備を終えるのは、早ければ早いほどいい」

そういいつつ、心のなかではいぶかしんでいた。ショ・ドとその配下の者たちがこれほど弱気な疑念をいだき、労働意欲に影響が出るまでになっているとは。

長すぎた待ち時間と孤立に苦しんだせいだろう。ダオ・リンとその配下の者たちが長旅のあいだにおかれた状況と、まさしく同じだったから。

入植地の作業がとどこおった理由はほかになさそうだった。ダオ・リンは、これからはもっとよくしようと考えた。

＊

エスパーたちはヌジャラの涙とともに洞窟に居を定めた。滞在は短期の予定だった。ダオ・リン＝ヘイが大至急、複数のカルタン人グループを派遣して、特別なかくし場所を探しださせることになっていたから。

ダオ・リンはパラ露を入植地のすぐそばに保管するのは無謀だと考えたのだ。一ヵ所で保管するパラ露はすくないほうがいいのは当然だが、それはべつとして、万が一、入植地が攻撃を受けた場合には、真っ先に敵の攻撃目標になってしまうからだ。

戦闘の心配はしていなかった。ちいさな入植地にはすでに充分な数のエスパーがいて、確実な方法で敵の注意をそらし、撃退するだろう。しかし、彼女が恐れているのは、パラ露倉庫が破壊されるような不慮の事故だった。

予期せぬ出来ごとが起こっても、小規模倉庫なら全体としてのダメージはちいさい。

たとえ少量でもパラ露を失えばカルタン人には大打撃だが、大半が安全に保管されているとわかれば、痛手から立ちなおれる。

同じころ、《シンダハ》のカルタン人ほぼ全員が入植地に移住していた。遠征船の最終段は惑星軌道上にあり、ガ・リウ＝ミガイと配下のパラ不感者がのこって船と入植地の安全を監視している。かれらはそれと並行して、帰還飛行には不要だが入植地の建設に使えそうなものをすべて解体しつつ、次の遠征船の到着にそなえて《シンダハ》の準備を進めていた。こうして、アルドゥスタアルへ帰還する準備は到着直後からはじまっていたのだ。

パラ不感者が入植地にとどけた資材は、まず現地で産業をおこすために使われた。もちろんはじめは不充分なものだったが、ダオ・リンはカルタン人グループを何組も送りこみ、フベイの地下資源を探させた。近隣の惑星に向けて最初の調査に出発したグループもあった。

やがて、次の遠征船がカルタン人やエスパー、パラ露や資材を乗せて到着した。だが、こんどの船にはパラ不感者は乗っていなかった。

ガ・リウ＝ミガイとその配下はすでに《シンダハ》乗船準備を終えており、あらたな最終段を得て作業を続行していた。ダオ・リン＝ヘイは定期的にそこを訪れて進捗《しんちょく》状況を確認していたが、パラ不感者たちの仕事ぶりは不満に思うどころか、驚くべきものだった。

「よほどアルドゥスタアルへ早く帰りたいのだな」一度、ダオ・リンがガ・リウ＝ミガイにそういったことがあった。

「自分たちの仕事をやっているだけだ」パラ不感者はおちついて応じた。

「ラオ＝シンをはなれるのはつらいか？」

「いいや」ガ・リウの声はおだやかだ。「ラオ＝シンからはなにも感じとれない」

ダオ・リンはそれ以上、質問するのをやめた。がっかりしたのだ。パラ不感者たちがなにかしら反応すれば、ほかのカルタン人とそう違わないことがはっきりすると期待していたのに。

だが、強いプシオン作用をぼんやりとでも知覚できるふつうのカルタン人でさえ、ラオ＝シンからはほとんどなにも感じとれないのだから、期待しすぎというものだろう。

いまやフベイには、ヌジャラの涙の保管庫がたがいに遠くはなれた場所に複数、確保されていた。倉庫は入念にカムフラージュされ、カルタン人でも正確な場所を知らないほどだった。倉庫を守るエスパーは世捨て人のような生活を送っている。実際にはたがいに連絡し合っていたので、孤独に苦しむことはなかったが。ほんの少数の、確実に信頼できるカルタン人だけが倉庫を管理し、エスパーに必要なものを運んでいた。

三隻めの遠征船がきたことで、ダオ・リンが正しい基準で立案・計画したことが証明された。いまやパラ露は充分に秘匿《ひとく》されていたし、入植地の規模も、カルタン人があと数千名きても問題のないひろさとなった。資源の埋蔵場所も特定され、あちこちですでに採掘がはじまっていた。また、必要なものは入植地の工業施設からすべて供給されるようになった。宇宙環境調査のあいだは製造する余裕のなかった惑星フェリー用の部品でさえ、つくれるようになっていた。

軌道上ではアルドゥスタアル帰還用の新しい船が、完成まではまだかなり時間がかかるとはいえ、その姿をあらわしつつあった。

ダオ・リンは、ほかに入植に適した惑星がないか、調査するときがきたと考えた。シヨ・ド＝ヘイは有能なリーダーだし、ダオ・リンの開拓意欲に引きずりこまれているから、できたての入植地を一時的にまかせることができる。なんのためらいもなく、みずから宇宙空間に出ていこうと思った。

ただ、それとはべつの意図もあった。彼女は懸命に働き、大きな成果をあげたが、カルタン人が自分たちのラオ＝シンだとみなすこの星の島をまったくというほど知らなかった。そのことが心に引っかかっていて、純粋な冒険心から、短期間、入植地をはなれたくなったのだ。

それが誤りだったのだろうか？　アルドゥスタアルは、彼女がこの入植地に全力をかたむけようとしないことに気を悪くしたのだろうか？

いや、彼女の任務は全カルタン人の移住準備だったのだから、外へ足を伸ばして当然だっただろう。惑星ひとつではたりないのは明白だ。ダオ・リンは自分の任務を……この場合はよろこんで……言葉どおりに理解し、移住用のさらなる惑星を自身で見つけることも義務のうちだと考えた。

それに、この行動についてきちんと報告はしたし、否定的な返答もこなかったのだ。ラオ＝シン入植地の発展に大きな関心をもって注目しているアルドゥスタアルから、ダオ・リンは長年、賞讃されつづけていた。入植地のなかで批判されることもめったにない。なにをしても成功したのだから、批判を受ける理由は見あたらなかった。

そんな状況なのに、なぜ解任されて呼びもどされるのだろう？

6

「このセクターを飛ぶのは危険です」ダオ・リン＝ヘイの横でモニターを見ているドム・ジャイ＝ドルジャが、見るからに否定的に進言した。かれは最初の遠征隊としてフベイにきて、未知の星の島の勢力関係をはじめて調査した操縦士のひとりだ。

「なぜ？」と、ダオ・リン。

「宙航士が大勢、行き来していますからね。わたしも一度行ったことがあります」

「でも、ぶじ帰ってきて、ここにいるではないか」

「運がよかっただけですよ」ドム・ジャイは不満げだ。

「よそ者の宙航士は、われわれを見ただけで攻撃してはこないだろう」と、ダオ・リンは反論した。「かれらを迂回しよう。こちらが平和的な態度をとれば、相手だってそうする」

「それは思い違いです。ま、自分の目でたしかめてください」

ダオ・リンは黙りこんだ。

フベイから二百光年もはなれていないある宙域に一艦隊が集結していると聞き、それがなにを意味するのかを知りたいと思った。だから、そこへ飛んでたしかめようと決心したのだが。

「探知結果を信頼していいなら、艦隊など見えない」かなりの時間をかけてダオ・リンは確認した。「どういうことだ、ドム・ジャイ？　われわれ、充分に近くにきているのに！」

「ま、待ちましょう。すぐに見えてきますよ。こっちが先に見つからないことを願うばかりです。技術的にはあちらがかなり上だと思われますから」

「もしそうなら、このフェリーだけでなく、フベイもとっくに見つかっているはずだ。あるいは、向こうはわれわれにまったく興味がないのだろうか」

ドム・ジャイは黙っている。

《ルーガ》の船内は緊迫した空気につつまれていた。乗員はダオ・リンとドム・ジャイを入れても総勢二十五名に満たない。これはたんなる調査飛行だった。ダオ・リンはこの時点で、未知艦隊のような危険にわざわざ近づくつもりはなかった。

だが、すでにひととおり調査を完了した一惑星に向かう途中で、かれらは奇妙な宇宙船一隻を探知したのだった。それを見たドム・ジャイはぎょっとしていた。

ダオ・リンは自分の責務として、できたばかりの入植地にとってまったく脅威とは思えないことでも無視できないと考えていた。このセクターを未知の宇宙船がうろうろしているとなれば、危険かどうか確認せずにはおれない。

ドム・ジャイの答えは満足いくものとはいえなかった。

「こんな船に遭遇したのは一度きりです。何年も前、とある有人惑星の付近で。こちらを攻撃してきたので、命からがら逃げました。その後、われわれだけでなくほかのカルタン人も、このような船数隻を遠くに見かけたことがありました。ところが、それがこんどは集まって一艦隊を編成している。さらに、違う種類の艦船もくわわっています。おそらく作戦行動をひかえているのでしょう」

それを聞いてダオ・リン＝ヘイはびっくりした。

「そんな重大なことを、なぜわたしに報告しなかった？」

ドム・ジャイの返答は、ダオ・リンには理解しかねるものだった。

「そんなことを報告してなんの意味があるのです？　われわれにはこれほど大規模な艦隊に対抗する手立てはありませんし、どっちみち、この進軍はわれわれに向けられたものではないでしょう」

「だが、もしそうなら？」

「まだ充分まにあうはずです。敵が入植地に近づいたら、エスパーが能力を投入するのですから」

ダオ・リンはできることなら即刻フベイにもどりたかった。第一に、不測の攻撃にそなえて防護態勢をとるために。そして第二に、カルタン人の良心に強く訴えかけるために。だが、まずは艦隊を見てみたい。

モニターにうつしだされているのは宇宙空間と星々だけ。《ルーガ》は問題の宙域に到達したも同然なのに、艦隊のシュプールもない。

「ひょっとすると、カムフラージュ装備があるのかもしれません」と、ドム・ジャイ。「姿を消して、われわれを待ち伏せし、電光石火でぱくりと食ってしまうとか」

ダオ・リンはそんないいかげんな話は相手にしなかった。

セクター全体を捜索したが、見つかったのは七惑星を持つ一星系だけだった。有人惑星はひとつだけで、ふたつは工業惑星だ。これら三つの惑星間には複数の宇宙船が行き来していたが、カルタン人を気にとめたりはしなかった。

「この星系は知っているか？」ダオ・リンがドム・ジャイに訊いた。

「戦士星系です。どの惑星もたいした意味はありませんよ。この星系は、われわれの船の一隻がしばらくのあいだ監視していました。ときおり戦闘艦が行き来し、一度はまったく見たことのない外観の巨大な艦が一隻やってきましたが、短時間滞在しただけで姿を消しました」

「自分の目で艦隊を確認したのか？」

「いいえ、直接は見ていません。さまざまな監視報告から、かれらがこのセクターに集まっていることがわかったのです」

「たとえばどんな艦船だ？　外観はどんなだ？　ちゃんと説明しろ。正確なところが知りたい！」

ドム・ジャイ＝ドルジャは報告しながらも、おかれた立場が不満のようだった。理由は明らかだ。自分の派遣した操縦士たちがどれほど多くのことをかくしていたかを聞いて、ダオ・リンが特別によろこぶはずなどないのだから。

もちろん、かれらに悪気《わるぎ》があったわけではない。たんに、そんな〝些細《ささい》なこと〟でダオ・リンをわずらわせてはならないと思っただけだ。彼女には入植地でやるべき仕事がほかにたくさんある。入植地の外でくりひろげられていることに関しては、本当に危険が生じたら対処すればいいと思っていたのだ。

ダオ・リンは自明の規則を無視されて腹をたてたが、自分がはっきり命令しなかったことも自覚していた。入植地の建設中は疲労困憊していて、操縦士の報告を気にかける余裕はなかった。すべては平穏で、移住可能な惑星をいくつも発見した、という報告だけで充分だったのだ。

ドム・ジャイがさまざまな宇宙船タイプについて述べ、どれほど多くの種族がこの進軍に参加したのかがはっきりしてくると、純白の制服に身をつつんだダオ・リン＝ヘイはかっと熱くなった。

と同時に、ある考えが浮かんだ。

ダオ・リンは、ドム・ジャイが報告を終えるまでがまん強く待ち、こういった。

「よかろう。異なった出自を持つ、かたちもタイプも違う宇宙船が、この戦士星系に集結し、艦隊を構成したということ。おまえの報告から判断すると、この艦隊はつい数日前に姿をあらわしたようだ。あとからもっと部隊がくる可能性はあるか、それともないか？」

「わたしはあると思います」ドム・ジャイは慎重に答えた。

「そうか。では、われわれがそうした後続部隊のひとつだと考えてみよう。われわれはくるのが遅すぎたが、この艦隊がどこへ行くのかを知りたい。それがわかれば、遅刻したぶんを挽回できるかもしれないから。遅れてきた部隊はそのように行動するものだと、きっと期待されているはずだ。どう思う？」

「おそらく」カルタン人はひかえめにつぶやいた。

「よし。とにかく、戦士星系の一惑星に着陸する絶好のチャンスだ。そこで相手がわれわれにどう反応するのか、観察できる」

「それは危険です！」ドム・ジャイはあわてた。

「おまえがそんなことをいうとは」ダオ・リンは皮肉にいった。「深淵をこえて飛ぶのは危険だったが、それでもわれわれ、やりとげたではないか。種族の全員がラオ＝シンにこられるようになるまで、まだいくつもの危険を乗りこえなければならない。ジャガ・シャ、着陸だ！」

操縦士のジャガ・シャは黙ってふたりの会話を聞いていた。ダオ・リンがかれをこの任務に選んだのは、長旅のあいだにその性格を知ったからだ。ものしずかで信頼できるし、好もしかった。たいした家柄ではないことは、ダオ・リンにはどうでもよかった。

《ルーガ》が惑星に近づくと、通信で呼びかけられた。カルタン人はさいわいラオ＝シンについてすでに充分な情報を集めており、すくなくともこのあたりで通用する言語の日常会話は知っていた。おかげで問題はない。戦士惑星の住人は、自分たちの言葉を未知船の乗員がうまく話せないことにも寛容だった。おかげでカルタン人たちはやっかいな質問をかわすことができた。なにをいわれているのかわからないからだ。といっても、理解したくてもできないことのほうがずっと多かったが。

戦士惑星はダオ・リンが想像していたのとは違った。兵士たちがうようよしていると予想していたのに、《ルーガ》着陸地点付近の都市生活は平穏だった。もちろん、よく見ればめずらしいこともたくさんあったが。

戦士惑星の名はスタゴで、さまざまな種族の生物が暮らしていた。もともとの原住民は小柄でまるい頭に黄色い目を持ち、見た目はまるで侏儒《しゅじゅ》だ。肌は黒く光り、一日にすくなくとも三回、都市内のそこらじゅうに無数にある公衆浴場に行く。多種多様な異人たちに対しては、なんの興味も持っていないように見えた。

大都市の喧噪《けんそう》をべつにすると、おおかたの興味が向くのは、惑星北部にある巨大な建物複合体だった。それは〝ウパニシャド〟と呼ばれていて、至聖所と学校を合わせたような感じの施設だ。だが、それ以上のことはわからなかった。カルタン人一行は、好奇心にまかせてあれこれ質問しないようにしていたので。

一行は、艦隊の所在についても情報を手に入れると……この星の島のどこかに姿を消したらしく、カルタン人やその入植地とは無関係だった……正しい針路にしたがって自分たちの役割を演じ、すぐにまたそこからはなれて、カルタン人が調査し終わった宙域へともどっていった。

「リスクを冒したかいがあった」ダオ・リン＝ヘイは満足げだ。「カルタン人が戦士惑星に着陸し、さほど人目を引かずに活動できることがわかったのだから。もちろん、注意深く行動する必要はあるが。それに、戦士惑星の共通言語についても、質の高い詳細なデータが得られた。いくつかの戦士世界に偵察員を送りこもう。とくにフベイの宇宙セクターに近いところにある惑星に。そうすればラオ＝シンの情報がもっと手に入るし、戦士惑星がわれわれの脅威になったら偵察員が知らせてくれるだろう」

ドム・ジャイ＝ドルジャは沈黙しながらも、顔に疑念を浮かべている。だが、ダオ・

リンは気にかけなかった。

あれもミスだったのかもしれない。ドルジャ家はグレート・ファミリーのひとつで、影響力も大きい。ダオ・リンがかれの疑念にも異議にもとりあわず、行動力のあるエネルギッシュなタイプであることに対し、ドム・ジャイは明らかに感情を害していた。さらに、若いジャガ・シャがまだ飛行中に自分を偵察員としてスタゴへ派遣してほしいとたのみ、ダオ・リンがその希望を叶《かな》えると約束したときも、ひどく腹をたてた。

ダオ・リンは当時、ドム・ジャイの本音に気をとめなかったが、グレート・ファミリーのなかには、こと重要任務の割り当てとなると神経過敏になる者がいることは承知している。もちろん、臆病で遠慮がちなドム・ジャイはダオ・リン＝ヘイがよろこんで戦士惑星へ派遣するようなタイプではないし、ドム・ジャイだってそんな無理な要求は断固はねつけただろう。

ただ、すくなくとも自分の意見は聞いてもらえると期待していたにちがいない。

＊

《ルーガ》はあまたの惑星に飛行した。ダオ・リン＝ヘイの偵察員がみな仕事熱心だったのだ。それに、フベイの宇宙環境には利用できそうな惑星を持つ星系が多かった。

ところが、入植にふさわしい惑星は多くなく、ダオ・リンも選択には慎重だった。遅かれ早かれ、二重銀河の星々の奥深くまで行く必要が出てくるだろう。フベイ近辺で移住できる惑星はすくなすぎた。

入植地にもどると、すでに四隻めの遠征船が到着していた。

入植地は拡大し、成長している。

ダオ・リンは偵察員たちを叱責し、今後は些細なことと思われてもかならず報告するようにと、強くいいふくめた。

彼女は将来的に入植できそうな惑星にカルタン人を派遣して、そこを正確に調査させた。スタゴにはジャガ・シャとよりすぐりの随員四名を送り、戦士世界の言語と風習を学ばせた。

やがて五隻めの船が到着すると、ダオ・リンはアルドゥスタアルへ送るための報告書を作成した。たんなる報告ではない。入植地に必要な資材、とくに技術的な装置や機器が記載されている。

それまではどの遠征船にもパラ不感者は乗っていなかったが、第五の船ではふたたび百名がやってきた。ガ・リウ＝ミガイとその配下の者は、いまでは最終段の改造をルーチンワーク化して後継者に伝えている。後継者たちも当然、必要な知識を身につけてはいたのだが、パラ不感者は自分たちがこのあいだに体得したさまざまなこつを、かれらに教えていた。

新参のパラ不感者たちも、前任者と同じように勤勉でひかえめだった。そのリーダーはガ・リウ＝ミガイと同様、ダオ・リンが聞いたことのない無名のファミリー出身で、寡黙で気むずかしい男カルタン人だった。それにくらべたら、ガ・リウは社交的で話し好きだ。

あらゆる準備をしたにもかかわらず、帰郷船が出発できるまでには一年近くかかった。出発前の最終日、ダオ・リンはもう一度その場にやってきた。入植地のだれにも釈明する義務はなかったのだが、ショ・ド＝ヘイには、ガ・リウ＝ミガイに最後の補足報告を個人的に伝えたいと説明していた。実際は感傷的になり、あとさきも考えずに飛んできたのだったが。

ここには何度もきていたので、新しい船が《シンダハ》とは似ても似つかないことは知っていたが、それでも自分の船に帰ってきたという気がした。

「もう一度このような任務を引き受ける気はあるか？」と、彼女はガ・リウ＝ミガイに訊いた。

ガ・リウは困ったような視線をダオ・リンに送ったが、すぐにいつものように目をそらし、

「どんな命令かによる」と、しずかに答えた。

「りっぱにやりとげてくれた」ダオ・リンは感謝をこめていった。「望みがあればいっ

てほしい。あなたの業績については報告書で強調し、しっかりほめておいた」

ガ・リウはそう聞いてもとくに驚いたようすはなく、それについてなにかいわなければと思っているふうでもない。

「あなたが希望すれば、次の遠征船でこちらへもどしてもらえると思うが」ダオ・リンはやや困惑ぎみにつづける。

「それは可能だろうな」ガ・リウがつぶやいた。

よろこんでラオ＝シンにもどってくる、入植地の建設を助ける、との返事を待っていたダオ・リンには期待はずれだった。

翌日、帰郷船は出発した。四年後、ダオ・リンはその船がぶじアルドゥスタアルに帰還したと聞いたが、ガ・リウ＝ミガイの消息については二度と聞くことがなかった。報告書でパラ不感者たちの仕事を絶讃したにもかかわらず、以後の船にはふつうのカルタン人とエスパーしか乗っていなかった。そのときから、帰郷船の組み立て要員にまつわる問題が生じることがときどきあった。ラオ＝シンを去って帰郷することを志願する者は、最後には充分な数になるのだが、毎回かならず全員が不安状態におちいるのだ。ダオ・リンは報告書で何度もそのことに触れ、パラ不感者なら絶対そのような問題は生じないと指摘したが、反応はいっさいなかった。

アルドゥスタアルでは、ダオ・リン＝ヘイのようなエスパーがパラ不感者に理解をしめしたり共感したりするのは不都合だと見られるのだろうか？　それが交代の理由だったのか？

7

月日は過ぎ、ラオ＝シン入植地は成長をつづけていた。このあいだに、ほかの惑星にも入植地が建設される。ダオ・リン＝ヘイの偵察員たちはふたつの星の島まで進出し、あらたに適した惑星がないかと探していた。

ジャガ・シャは出世して学校長になっていた。その学校では、若いカルタン人に戦士惑星で目立たずに活動する方法を教えている。

ラオ＝シンを構成する星の島ふたつがアブサンタ＝ゴムおよびアブサンタ＝シャドという名であることも知られるようになった。カルタン人は戦争崇拝や永遠の戦士に関する多くの情報を手に入れ、こうしたこととはできるかぎり関わり合わないよう、全力でつとめた。かれらはラオ＝シンを支配している権力と関係するあらゆる文明世界を避けた。つまり、宇宙航行種族とはできるだけ接触しないようにしたのだ。このことは、入植惑星を選択するさいにはとくに重要だった。永遠の戦士がとりわけ興味を持つような惑星は、絶対に避けなければならないからだ。

ラオ＝シンのいくつかの有人惑星に忍びこませた偵察員から、ふたつの銀河に住んでいる種族について、外見や習慣、宇宙船などに関する多くの情報が集まった。それでも、未知の惑星はまだたくさんある。ダオ・リンはそれをよくわかっていた。彼女は用心深い。できるなら、入植地に危険を招くような情報は拒絶したかった。

それなのに、ある日とうとう、フベイが異人に発見されたのだ。

その日はひどい一日だった。

ショ・ド＝ヘイはラオ＝シンにきたときにすでに年老いており、からだは衰える一方で、その朝もダオ・リンが日時を決めておいた話し合いにあらわれなかった。連絡がないので見にいかせたところ、自室で亡《な》くなっていた。

そのわずか半時間後、カルタン人の一宇宙船から、第三入植地付近で攻撃を受けたという緊急連絡が入ったのである。これはフベイの軌道上にある最終段のひとつから発せられたものだったが、その通信がふいにとぎれた。船が破壊されて乗員が殺されたにちがいない。

第三入植地にはすでにいくつかの小規模なパラ露倉庫があり、エスパーたちが守っていた。だが、人数はわずかで、全員の力を合わせても、入植地を防衛するのは無理だった。こうした緊急事態の場合、彼女たちにはヌジャラの涙を使う以外に選択肢がない。エスパーたちは数千粒の涙を使い、敵を混乱させて惑星から追いだすことに成功した。

だが、この敵は、どこにカルタン人がいるのかをすでに知っているようだった。なぜなら、まっすぐフベイに向かってきたからだ。偶然かもしれないが、本当のことはだれにもわからない。とにかく、敵船は突如として出現し、無防備の最終段に攻撃をしかけてきたのだ。

宣戦布告の通信も警告もなく、フベイ居住者の身元を確認することもせずに。またたく間に、カルタン人に災厄が降りかかってきた。

ダオ・リンはそのとき、ヌジャラの涙が保管されている倉庫にいた。そこで働いているショイ・サはショ・ド＝ヘイの若い親戚で、母親同士が異母姉妹だった。長年の仲間が急死したことにショックを受けていたダオ・リンは、葬儀について相談しにショイ・サのところへきていたのだが、予期せぬ攻撃の知らせを聞いて、ただちに応戦した。

これまでも自分のプシ能力を武器として使ったことはあったが、こんなにはげしく攻撃したのははじめてだった。浪費だとか〝声〟の命令だとかを考えるひまもなく、ヌジャラの涙を使った。ほかのエスパーたちも彼女に引きずりこまれた。

数秒後にはすべてが終わっていた。

襲撃者が何者だったのか、ダオ・リンが知ることはなかった。敵船は完全に破壊され、乗員の遺骸からその身元を特定することはできず、船のかたちや構造も未知のものだった。

カルタン人側の死者は二十七名。最終段のひとつがひどい損傷を受けてしまい、帰郷船の建造には使えなくなった。つまり、スケジュールが遅れてしまう。もちろん、大量のパラ露も失われた。

この事件を報告するのは、ダオ・リン＝ヘイにとって非常につらいことだった。カルタン人として彼女はたしかに、命ある生物は自分を守る権利があるという立場だし、そのさい……ほかに方法がないなら……敵を殺すこともいたしかたないと思う。だが、今回の反撃は軽率だったと自覚していた。

この事件のあと、長いあいだ、フベイやそのほかの入植地には常時、警戒態勢がしかれた。

だが、さいわいにも、カルタン人の活動に気づいたのはあの宇宙船の所有者だけだったらしい。

それはダオ・リン＝ヘイにとっても、おおいに心の負担が軽減されることだった。追随する攻撃者が出なかったのは、まったくもって入植地の庇護者の手柄だろう。彼女が即座に容赦なくたたきのめさなかったら、あらたな敵を呼びよせる隙を攻撃者にあたえたかもしれない。

この事件について、アルドゥスタアルからはおおよそ肯定的な評価が返ってきた。もちろん、往復の時間差により、ずいぶんあとになってからだったが。さらに用心せよとの警告と、ヌジャラの涙のとりあつかいは慎重にするようにとの指示もあった。それでも、パラ露を使わざるをえない緊急事態だったとして、非難がましいことはなにもいわれなかった。

けれども、もしかしたらこのことが、思ったより深刻に受けとめられたのかもしれない。

長い年月のあいだに、彼女がかなりの過ちをおかしたことはまちがいない。自分では気づかなかった過ちもあったはず。そうした過ちを総合的に判断して、べつのカルタン人にラオ＝シンの指揮権を委任することになったのだろう。

ダオ・リンはほかの出来ごとも思いだした。それをどう評価すればいいのか、自分でもまだわからない。あまりにも特殊な出来ごとだったので、報告するのを躊躇《ちゅうちょ》したし、言葉を選んで慎重に表現したのだった。

この出来ごとにはジャガ・シャと、ある戦士惑星が関わっている。

＊

ジャガ・シャはものしずかで考え深いカルタン人に成長し、ラオ＝シンに居住している種族についてできるかぎり情報を集めてくるのが自分の一生の仕事だと思っていた。かれがとくに興味をいだいたのが、怪しげな戦争崇拝だ。だが、それに近づくことはきわめて困難で、この分野に関するジャガ・シャの知識はまだまだ乏しかった。

ダオ・リン＝ヘイはそのことでかれがどれほど腹だたしく思っているか知っていたので、ある日、ジャガ・シャがもう一度スタゴへ行ってみたいといってきたときも驚かなかった。

許可をあたえることにためらいはなかった。かれが細心の注意をはらってことに当たると知っていたから。それに、これまでカルタン人がすでに何人もスタゴに滞在しており、住人たちもネコのような容貌の異人を見慣れている。

ジャガ・シャが出発してから長いあいだ消息がわからなかったが、心配はしなかった。かれの計画には時間がかかると聞いていたからだ。

ところが、あまりに長いあいだもどってこず、なんの知らせもないので、ダオ・リンはスタゴに船を送って、こっそりジャガ・シャを探させた。

数日後に宇宙船がもどってくると、まだとても若い庇護者、シ・ヒル＝ダウンが興奮してダオ・リンの仕事部屋に駆けこんできた。

「スタゴに飛んでください！」シ・ヒルはいきなり要求した。「ただちに！」

「なぜ？」ダオ・リンはおちつきはらっていた。

「くわしいことは説明できませんが、きわめて重要なのです！」

「それではわからない。自分の仕事をほうりだすには、すくなくとも理由が必要だ。ジャガ・シャが危険なのか?」

「いまはまだ」シ・ヒルの興奮はさめたようだ。「でも、われわれがあちらに到着するころにはそうなるでしょう」

「その根拠は?」

「どうやったのかわかりませんが、かれはスタゴでウパニシャド学校にもぐりこみ、そこでなにかを見つけたようなのです……それがなにかはわかりません。でも、とても恐ろしいものにちがいありません。ぜがひでも、あなたに見てもらいたいといっています!」

「それなら説明か映像があるはずだろう」ダオ・リンはあくまで冷静だ。

「それが、ないんです。かれがいうには、あなたがその目で見ないと絶対に信じないだろうから、と」

「本当か? では、その尋常ではないものをどうやってわたしに見せるのか? そのウパニシャド学校とやらにもぐりこむのはほとんど不可能といわれている。かれはやってのけたが、わたしは最初の門さえくぐれないだろう」

「それは承知のうえです。かれは、その物体をウパニシャド学校から持ちだそうとしているのです」

一瞬、ダオ・リンは頭を殴られたような気がした。

「そんなことをしたら、住民が容赦しないだろう」

「だから、われわれが行くんですよ！」シ・ヒルは興奮している。「かれがつくった正確なタイムスケジュールを守り、時間どおりにスタゴに到着したなら、計画どおりに進みます」

「うまくいかなかったら……ジャガ・シャはどんな目にあうことか。だが、よろこばしい結果にならないのはまちがいない」ダオ・リンは仕事場をざっと見わたした。「わたしの仕事はあとまわしにして、行こう！」

こんな漠然とした理由でスタゴに飛んだことが、間違いだったのかもしれない。ではどうすればよかったのだ？　ダオ・リンはジャガ・シャのことをよく知っている。かれはわけもなく警告を発したりしない。なにかを、本当に重要ななにかを、見つけたにちがいないのだ。大至急、手を打つのが自分の義務だと考えたのだった。

とはいえ、どうもいやな気分だったが。

たしかに、そのころの状況は比較的平穏だった。けれど、あの突然の攻撃で驚いたのはほんの半年前のこと。ダオ・リンはまだ不安を拭いきれずにいた。よりによって、そんなときに入植地をはなれるのは気が進まない。

うしろ髪を引かれながらスタゴに到着はしたものの、自分が居合わせる必要もなかったとわかったら、ジャガ・シャをきびしく叱責すると、彼女はかたく決めていた。

スタゴは温暖な惑星で、生命に満ちあふれていた。いくつかの大都市と、小規模な居住地があちこちにある。だが、戦士学校がある都市はひとつだけだった。シ・ヒルとジャガ・シャがとりきめた待ち合わせ場所は極地のひとつにあり、ほとんどだれも住んでいない広大な地域で、あたりいちめん岩と石ころでおおわれていた。その荒涼とした景観のなかに、そびえ立つ山が見えた。非常に規則正しいかたちの山頂が三つならんでいる。このあたりで地面が隆起しているのはそこだけだったので、見落とすことはない。

ダオ・リン＝ヘイの一行が山麓《さんろく》に着陸したとき、ジャガ・シャの姿はまだなかった。何時間も待たされ、ダオ・リンはしだいにいらだちをつのらせた。つねに敵の出現を警戒していたが、ひとりもあらわれない。

すると、ようやく飛翔機がやってきた。大型のプラットフォームだ。その上に物体がひとつ固定されている。プラットフォームが着陸すると、ジャガ・シャが操縦キャビンから飛びだしてきて、ダオ・リンと向き合った。

「こちらへ」と、ジャガ・シャ。「見てください！　持ちだすのに、予想以上に手間どってしまいました。よく調べている時間はありません。ここスタゴにはエルファード人がいて、ウパニシャド学校も市内も大騒ぎです。かれらの偶像を盗みだしたことが知られたら、すぐに追っ手がここへくるでしょう。盗まれたことにはもう気づいたはずですし、わたしのシュプールをたどるのはかんたんです……」

話はとぎれなくつづく。ダオ・リンは、これがあのジャガ・シャだとはどうしても思えなかった。こんなに興奮したところは見たことがない。

かれはしゃべりつづけながら、あちこちの紐やザイルを引っ張った。すると突然、不透明のぶあついフォリオがはずれて地面に落ち、その下にかくれていた物体があらわれた。

ジャガ・シャは黙りこみ、ダオ・リンは麻痺したように硬直した。ほかのカルタン人たちがこちらへ走ってくる音が聞こえる。かれらは船にとどまっていたほうがいいのではないかと、ダオ・リンは漠然と考えた。ジャガ・シャがいったとおりなら、いつでも逃げられるようにしておかなければならない。

しかし、気を奮いたたせてその決定的な命令をくだすことはできなかった。目の前にあるものがあまりに信じがたく、自分の目を疑ってしまっていたからだ。それは立像だった。しかも、明らかにネコ型種族の彫像だ。とても大きい。偶像や、崇拝する実在の生物を、生存時よりも大きくつくるのはよくあることだが。

この彫像を実物大に縮めて考えたら、偉大なる種族カルタン人の一員だといってもおかしくない。

ダオ・リンは心のなかでひとりごちた。これはカルタン人ではないのだろうか。どう見ても、カルタン人にそっくりじゃないか。驚くほど似ている。

「これはなんなのだ？」ダオ・リンがようやくたずねた。

「永遠の戦士の偶像です」と、ジャガ・シャ。「ウパニシャド学校のダシド室から盗んできました」

「ウパニシャド学校では、この像にどんな意味がある？」ダオ・リンはいぶかしく思った。「これを学校でどうするのだ？」

「くりかえしますが、これは偶像なんです。崇拝するのですよ、この……物体を。理由はわかりません」

ダオ・リンは冷静さをとりもどした。

「ウパニシャド学校はおまえが盗んだと知っているのか？」

「これを盗んだ泥棒がいることは知っているでしょうが、それがわたしだとはまだ知られていないと思います。慎重にやりましたから。それはご安心ください。その場でもし捕まっていたら……」

「これを持っていこう」ダオ・リンがジャガ・シャをさえぎった。

ダオ・リンは振り返ると、大急ぎで仲間たちを招きよせた。

「これを積みこむのだ！　急げ！」

みながあわてて走りよった。ジャガ・シャはプラットフォームの操縦キャビンにもどり、機をぎりぎりまで宇宙船に近づけた。貨物エアロックが開く……そのとき、べつの未知宇宙船があらわれた。

ダオ・リンはほんの一瞬で悟った。こちらに勝算はない。未知船は改造した惑星フェリーよりも大きいだけでなく、武装の点でもまさっているし、乗員も明らかに多い。遠くから攻撃をはじめ、こちらが応戦準備をする間もなく接近してくる。

「船にもどれ！」ダオ・リンが叫んだ。

彼女はすでにエアロック内にいたが、そのうしろでプラットフォームの制御キャビンが火花の雨につつまれ、砕け散った。ぞっとするような音がとどろき、風が鳴りわたる。足もとの床が持ちあがり、彼女は宇宙船の内部に投げだされた。だれかがかたわらを走りすぎた。恐ろしい叫び声が聞こえる。だが、その声は彼女の心のなかでのほうが実際よりも大きく響きわたった。

急に周囲がしずかになった。照明が消える。推力でひどく床に押しつけられたために、ダオ・リンは意識を失いかけた。

なんとか上体を起こす。非常灯が点灯した。弱くほのかな光のなかに、壁にもたれているジャガ・シャが見えた。ねじ曲がった手足からは血が流れ、まるで壊れた人形のようだ。

ダオ・リンはよろめきながら内側エアロック・ハッチまでたどりつき、アラームボタンをたたくと、ジャガ・シャの横の床に倒れた。

「エルファード人でした」ジャガ・シャは驚くほどはっきりした声で、そういった。「かれらが像をとりもどしたのです」

それが最後の言葉だった。数秒後、かれは死んだ。

この計画全体で四名のカルタン人が死亡し、負傷者も多数出た。そのなかにはダオ・リン自身もふくまれる。これだけの犠牲をはらう価値があったのか、彼女は何度も頭を悩ませた。

わかったのは、ウパニシャド学校ではカルタン人に非常によく似た立像を偶像として崇拝していること……それだけである。もしかしたら、重要な情報なのかもしれない。もしかしたら、いつかもっと多くのことを発見できるかもしれない。だが、いまのところよろこべるのは、死者がそれ以上増えなかったことだけだ。

ジャガ・シャのほかにスタゴに滞在したカルタン人はおらず、ダオ・リン＝ヘイはこの惑星にはもうだれひとり派遣しなかった。それまで気づかなかっただけで、ほかにいくらでも戦士惑星はあったから。ジャガ・シャの学校の生徒が何人か、エルファード人と奇妙な彫像との関係をはっきりさせようと骨を折ったが、ほとんど成果はなかった。

8

《サナア》の旅は終わりに近づいていた。のこすところ、アルドゥスタアルまでわずか百万光年。船は最後の方位確認のため、相対的に静止中だ。目的地を目前にして動かないなどということにならないよう、技術者がもう一度エンジンを点検し、損傷個所の修理をおこなっている。かれらを手伝うためにダオ・リン＝ヘイにできることはほとんどなかった。《サナア》のことはすみからすみまで知っているが、修理に関してはダオ・リンの任務ではないからだ。

スタゴにあった彫像とジャガ・シャの死のことを思いだすと、心が乱れる。しばらくのあいだは、過去を引っかきまわすのをやめて、いま現在に目を向けることにした。

ダオ・リンは不安にさいなまれ、気分がめいっていた。ラオ＝シンが輝く目的地としてあったときとくらべて、この長旅はひどいものだった。アルドゥスタアルにはかすかな憧れさえ感じないのだから。そう考えると、旅は長すぎたと同時に、きわめて短かったともいえる。いまになってようやく、自分が不安を感じているとわかった。

カルタンに着いたら、なにをいわれるのだろう？　どの間違いで、どの不正行為で、罪をとがめられるのだろう？

いつかもう一度、ラオ＝シンに行けるのだろうか？

ダオ・リンは司令室の大スクリーンで二重銀河を探した。技術装置の力はわざと借りなかった。

ガ・リウ＝ミガイはあのとき、透明なエスパー・コクピットでなにをいったのだったか？

〝目的地は自分で見つけるしかないのだ〟

ダオ・リンは無限のひろがりのなかで、すべての感覚を研《と》ぎ澄ました。遠くちいさい光のしみが目の前でぼやけていき……彼女は、それを感じとることができた。

そう、ラオ＝シンを。彼女はそれを感じとった。それはまるで約束のように彼女を誘い、彼女に呼びかけてくる。どれほど長い年月をラオ＝シンですごしただろう。はるか遠くにはなれたいまほど、ラオ＝シンを感じとれたことはない。

ダオ・リンはほとんど無意識に、技術装置の力を使った。そんなことはしないほうがいいとわかっている。不安と絶望が高まるだけだから。けれども、ラオ＝シンをひと目見たいという気持ちに逆らうことはできなかった。もしかしたら、最後の機会かもしれないのだ。

ダオ・リンは《サナア》の人工視覚装置を、誘惑の光をはなつ無限の彼方に向けた。まるで、船が突然に向きを変えてラオ＝シンにもどるかのようだ。遠い光点が接近し、大きくなり、明るくなる……

……ところが、それはラオ＝シンではなかった。

ダオ・リン＝ヘイはぎょっとしてスクリーンを見つめた。

そこに浮かびあがったのは、暗黒へと伸びる渦状肢をそなえた、規則正しいかたちの一銀河だった。その星の島は無窮のなかにたったひとつ、存在していた。ちいさな同伴星団ふたつを連れているが、双子ではない。

それはサヤアロン……銀河系と呼ばれる、テラナーの故郷だ。

ダオ・リンはからだが硬直したように動けなかった。

どうしたら、こんなおかしなことになるのだ？

彼女はサヤアロンに行ったことがあるが、そこではなにも感じなかった。サヤアロンはラオ＝シンではない。パラプシ能力をそなえたカルタン人を引きつけるオーラも持っていない。そのことを彼女はよくわかっている。

だったら、なぜサヤアロンをラオ＝シンと間違えたりしたのだろう？

もしかしたら、プシ能力が衰えたのだろうか？　それが、召還される理由だったのか？

そんな話を聞いたことはある。本人は最初まったく気がつかないのだが、他者がどうもおかしいと気づくとか。

彼女はしょっちゅうエスパーたちと関わり合ってきたし、自分自身もエスパーだ。ときどき同じエスパーと接触する必要もあった。もし、自分の能力が衰えていて、エスパーのだれかがそのことをアルドゥスタアルに知らせたのなら……

だが、ラオ＝シンで人望があったダオ・リンのような庇護者にかくれて、だれがそんなことをするだろう。

それとも、それは自己欺瞞《ぎまん》だったのか？　知らないあいだに嫉妬され、敵をつくっていたのだろうか？

敵がいるかもしれないとは想定していた。いや、いたにちがいない。ラオ＝シン・プロジェクトはしだいに大規模になり、それを指揮する者はおのずと目立つ地位につく。そうなれば、敵もできるし、ねたみも受ける。これを避けて通るのは至難のわざだ。

だが、エスパーのなかに敵がいたはずはない！

いや、いたのか？

スクリーンを見つめながら、この星の島から出ているなにかがはっきりするまで、くよくよ考えつづけた。

能力が衰えたという疑いに、どうすれば耐えられるだろう？

もし本当にそうなら、ラオ＝シンを見つけだせなかったはず。それとも、自分がかわりに探しだしたのは、第二のラオ＝シンだったのか？

それは考えられない。

彼女はこっそりまわりを見わたした。ほんの数名のカルタン人だけがいて、みな仕事をしていた。《サナア》が飛行を続行できるよう、作業を急いでいるのだ。ダオ・リンがどの星の島を見ているかなど、気にしていない。《サナア》に乗っているカルタン人はみなラオ＝シンに長く住んでいたから、ダオ・リン＝ヘイのことは知っているし、敬意もはらっている。

その敬意を、この状況で信じていいのか確信はないが、だれかが彼女を観察してその行動を批判するようなことはないだろう。すくなくとも表向きは、あるいはダオ・リンが気づくほどには、目立った行動は見られない。

彼女は立ちあがり、スクリーンの設定をそのままにしておくように命じた。謎の手がかりがほしいし、それを見つける方法もわかっていた。

自分のキャビンに行く。ちいさな箱を開いて、悩ましげにじっと中身を見つめた。

ヌジャラの涙は貴重だ。涙が存在しないラオ＝シンでは、とくにそうだった。ふつうは帰郷船には持ちこませない。二重銀河に運ばれるエスパーはだれもが大歓迎され、アルドゥスタアルに送り返される者などひとりもいなかったから。エスパーたちも、ラオ

＝シンをはなれることは断固、拒否するだろう。ダオ・リンははじめて逆方向に長旅をするエスパーなのだ。

エスパーがいなければ、ヌジャラの涙は不要である。帰郷船はエスパーもパラ露もなしで、安全に目的地に到着していた。外に危険はない……すくなくとも、プシ能力を使って戦うような危険は。アルドゥスタアルに到達した船は、カルタン人の勢力圏にあらわれるよう、飛行ルートが計算されているからだ。

それでも、ダオ・リンは少量の涙をラオ＝シンから持ってきていた。ひょっとすると、これはアルドゥスタアルでは犯罪とみなされるかもしれない。だが、召還されたうえに、非公式とはいえ明らかに降格されたいまとなっては、さほど重大なこととは思えなかった。

本音をいうと、ダオ・リンは旅の危険を考えて涙を持ってきたのではない。その動機は性質が違うものだ。悪い予感が的中し、アルドゥスタアルで身におぼえのない罪を着せられて責任を問われたら、たちまち自分の能力が必要になる。そのとき、ヌジャラの涙はとても役にたつだろう。もしパラ露を倉庫から持ちだした理由を聞かれたら、この計画全体の保安のためだったと主張できる。たとえ数粒でもパラ露があれば、役にたつはずだから。

だが、わずかしかない涙を、いまの状況で浪費してもいいのだろうか。しかも、常軌を逸した試みのために？

　サヤアロンはプシオン標識灯をそなえていない。そのことを絶対確実に知っているのはダオ・リンだけだ。サヤアロンとラオ＝シンには、ただの石ころと純金の塊りほどの隔たりがある。

　さっきは困惑して勘違いしたのだろう。たんに、機器の操作をミスしただけかもしれない。

　小箱の蓋を閉め、キャビンを出ていこうとした。だが、そこで踵《きびす》を返して、小箱をもう一度ポケットにしまいこんだ。

　ふたたび、司令室のスクリーンの前にすわる。もう一度最初から、こんどはミスをしないように……そう思う一方で、さっきもミスはしていないと確信していた。

　彼女はラオ＝シンを感じた。

　機器を目標に向け、拡大する……ところが、それはこんどもまたサヤアロンだった。

　技術者の声が聞こえた。アルドゥスタアルへの最終ジャンプの準備がととのったといっている。《サナア》がいったんリニア空間に入ってしまったら、サヤアロンでなにが起こったのか、ダオ・リンには調べるチャンスがない。

　こっそり小箱を開き、びくびくしながら、だれにもヌジャラの涙が見えないように心がけた。自分がどれほどとんでもない疑惑を明らかにしようとしているのか、だれにも知られてはならない。それが滑稽な疑惑だとわかっているのだから、なおさらだ。

パラ露が彼女の手の上で昇華していき、感覚が鋭敏になったと感じた。これまでパラ露を使ったときとまったく同じで、自分の能力が損なわれたとは思えない。まったく正常だと感じた。

今回、彼女が使ったパラ露の量は、いつか透明ドームに持っていった箱の中身とはくらべものにならないほどすくなかった。だが今回は、あのときほどラオ＝シンをはっきり感じる必要はないのだ。答えを見つけられればそれでいい。

うまくいった。だがそのとき、彼女は驚いて大声で叫びそうになった。

プシオン標識灯をふたつ感じたのだ。

ひとつは非常に弱く、はるか遠くはなれていると感じられる。疑いなく、彼女が知っているラオ＝シンの標識灯だった。もうひとつはそれほど遠くなく、はっきりと感じとれる。

なんと、このふたつめのプシオン標識灯が、はたしてテラナーの銀河系そのものだったのだ。

ダオ・リンは《サナア》がリニア飛行に移行したことにも気づかなかった。長い時間スクリーンの前にすわったまま、なにも目に入らない。自分の内面でラオ＝シンのエコーを感じる……そして、もうひとつのエコーを。

サヤアロンでなにが起こったのだ？

彼女の興奮はゆっくりとおさまっていった。この発見のことはだれにもいうまいと心に決めた。

だが、ほかのだれかがそのことに話を向けるかもしれない。彼女はせめてそうなることを期待した。自分が錯覚したのではないという証明になるからだ。

ダオ・リン＝ヘイがこれほどまでに混乱し、不安になったのははじめてだった。ラオ＝シンはひとつしかないはずだ。そんなことはわかっている。

思い違いにちがいない。ひょっとしたら、サヤアロンにはプシオン標識灯のように機能するなにかがあるのかもしれない。だが、それは以前にはなかったものだ。おそらくすぐにまた消滅するだろう。

それに、ヌジャラの涙の量がたりなくて、サヤアロンの放射を正しく判定することが自分にはできなかっただけかもしれない。

そうにちがいない。思い違いをした、それだけのことだ。

彼女はそうだと自分に信じこませようとした。だが、うまくいかない。

この疑念を打ち消すために、ふたたび過去の思い出に浸ることにした。けれども、遠く過ぎ去った、それなりに楽しかった出来ごとを思いだすことはできなかった。

内面の目に《プーカ》が何度もあらわれる。

9

《プーカ》は最初はただの遠征船だった。ほかの船と同じように、無限の深淵を乗りこえ、次々に段を切りはなし、最終段だけになってとうとう二重銀河に到達した。

　最終段の到着は、ずいぶん前から特別なことではなくなっていた。ダオ・リン＝ヘイは数年前から、次の船の到着時期をほぼ正確に予測できるようになっていた。いつものように、《プーカ》の最終段を迎えに数隻の船を出した。《プーカ》がラオ＝シンの星々の群れに沈んでしまう前に。そうすれば、遠征船の乗員が面倒な方位確認や惑星フベイの捜索をしなくてすむし、到着したばかりの《プーカ》が宇宙航行するほかの種族の飛行ルートを横切って、相手の好奇心をかきたてる危険性も低くなる。

《プーカ》が周回軌道に乗ると、ダオ・リンはそこまで飛行して新来者を歓迎し、遠征船の庇護者と話をした。さらにルーチンワークとして、さまざまな確認も必要だった。乗員をどの順番でフベイに運ぶのか、どの宿舎がかれらに割りあてられているか、乗員のなかにすぐに入植地に案内しなければならない専門家はいるのか、どの荷物を優先して運ぶか、などなど。細々としたことだが、非常に重要だ。

ところが《プーカ》の庇護者はいつものルーチンを破り、公式の挨拶がすむとダオ・リンをかたすみに連れていって、アルドゥスタアルから持参した命令を手わたしたのだった。

当然ながら、ミア・サン＝キョンはとうに事情を知っていた。好奇心と同情のまじった表情で、ダオ・リンのようすを見守っていた。

命令の意図はわかるでしょう、と、彼女の視線は語っていた。

ダオ・リン＝ヘイがミア・サン＝キョンに会ったのは、このときがはじめてだった。とても若い女カルタン人だ。ダオ・リンがアルドゥスタアルを出発したとき、ミア・サンはまだ子供だった。

命令は短く簡潔なものだった。

〝ダオ・リン＝ヘイはラオ＝シン入植地の指揮権をミア・サン＝キョンに委譲して、アルドゥスタアルに帰還せよ。現況下で可能なかぎり迅速に、ことを運ぶように〟

ダオ・リンはなぜ自分が呼びもどされるのか知りたかったが、理由はいっさい書かれていなかった。非難や謝罪の言葉もない。その命令には、ダオ・リンのこれまでの業績のことも、なぜミア・サン＝キョンが突然に任命されたのかも、言及されていなかった。

そのときから、彼女の物思いがはじまったのだ。

ダオ・リンは、自分が過失をおかしたのかと自問するほかなかった。命令がその考えを証明しているように思えた。だが、間違いをおかしたおぼえはない。すくなくともこんなふうに突然、冷酷に、まぎれもない降格を告げる理由になるほど重大な間違いは。

彼女は自分の任務に没頭し、多くのことをなしとげた。ラオ＝シン入植地はみごとに繁栄し、さしたる危険もない。ふつう、未知の星の島に宇宙航行種族が入植したなら、当然の理由からそうした危険にさらされるものだが。ダオ・リンはすべてが乏しかった初期のころから成果をあげてきたし、そのことを誇りに思っている。また、そう思って当然だった。

それが突然、無意味になったのだろうか？

何度もミア・サン＝キョンと話したい誘惑に駆られたが、一度も実行しなかった。若いカルタン人はダオ・リンがアルドゥスタアルへもどらなければならないことも、その理由もおそらく知っていたのだろうが、話題にしたことはなかった。

ダオ・リンはプライドが高すぎて質問できなかった。それどころか、ひそかにひと粒かふた粒のパラ露を使って確証を得ることすら躊躇した。おそらく、それが誤りだったのだろう。もしかしたら、たくさんの疑問や自虐の念をいだかずにすんでいたかもしれない。だが、彼女はそれをしなかった。

ダオ・リン＝ヘイがアルドゥスタアルで命令をくだす者たちの賢明さに疑念をいだいたことは、一度もない。彼女は自分の存在意義を過大評価しないようつとめた。自分がラオ＝シンでおこなった仕事と、アルドゥスタアルでなにが起こったのかは、まったくべつの話だから。

＊

ラオ＝シン入植地の順調な発展がきわめて重要だということは承知している。だが、アルドゥスタアルが大きな犠牲をはらい、強靭《きょうじん》な意志をもって巨大遠征船を建造して送りださなければ、ラオ＝シンの発展もなかったにちがいない。

アルドゥスタアルの上層部が入植地の発展についてあれこれ考え、時間がかかりすぎたり進みが遅かったりしたら、介入するのは当然だろう。ダオ・リンもそれは理解していた。自分が絶対に過ちをおかさないとも、なくてはならない存在だとも思っていない。個人的な運命についていえば、たしかに高位女性にきわめて近い地位についているが、それも大きな目的の前ではどうでもいいこと。だから、もしあらゆる分野で自分よりすぐれていて、この任務をもっとうまくかんたんにこなせそうな者が派遣されてきたのなら、納得していたかもしれない。おそらく……と、ひかえめにつけくわえた。確信は持てないから。

ラオ＝シンはわたしの入植地なのに！

いや待て！　はっとしてダオ・リンは自分にそう命じる。そんな考えは尊大であり、彼女が承知している職務遂行とは一致しないからだ。

いいや、もし、本当に自分よりすぐれた者が派遣されてきたとしたら……それが、ミア・サン＝キョンなのか？

この若い女カルタン人はたしかに有能だった。才能はあるし、エスパーとしても優秀だ。宇宙航行の経験も積み、アルドゥスタアルへのパラ露運搬船の庇護者もつとめたことがある。ミア・サンは組織のこともいくらか知っているし、なんら損失を出さずに《プーカ》で大きな深淵をこえてきたのだから、カルタン人をひきいる能力はあるだろう。

だが、ラオ＝シンの指揮をとるのにそれで充分だろうか？

ミア・サン＝キョンはこの点で自分を疑ったことはないようだ。けっしてうぬぼれているわけではなく、傲慢でもない。

けれども、ダオ・リンの視線や一挙手一投足に、質問の内容や答え方に、つねにこういいたげなのだ。

〝あれこれ悩むのはよしてください。あなたがそれを解決するとき、わたしならとっくにかたづけています！〟

ダオ・リンは自分にいいきかせた。後任に偏見を持つのは入植地にとってもよくない、と。そこで、ミア・サンを客観的に見るよう努力した。うまくやったつもりだ。しかし、内心では若い後任ががまんならなかった。

彼女は、ダオ・リンがラオ＝シンで日々とりくんでいるさまざまな日常の問題について、かぎりなく無知だった。カルタン人と二重銀河の種族とのあいだに生じる、ありとあらゆる関わり合いについてもそうだ。つねに危険をともない、慎重な対処が必要なのに。最初のうちは、いったいなぜ戦士惑星と交流関係を持つのかもわからないようすだった。戦士惑星に対する彼女の態度は、じつに明確なもの。強敵すぎて征服できないから、避けておこうというのだ。

ダオ・リンは時間をかけ、苦労してミア・サンに教えた。戦士惑星が強大な権力を持っているからこそ、わずかでも交流するのがどれほどだいじかということを。また、そのためには、カルタン人がどこからなんのためにきたのかを推測させる手がかりを相手にあたえないよう、慎重な外交努力が必要なことも。

戦士惑星以外にも、教えなければならないことは山積みだった。

ダオ・リンは、後任ミア・サンを指導しながら、いままでやってきた仕事の複雑さにいまさらながら驚いた。

だれかに説明を強いられないかぎり、すべてが当然のことだと思っていた。ラオ＝シンで起こりうるミスを、自分がいかに本能的に回避してきたか、彼女はそれまで自覚していなかったのだ。

だが、それがわかってくると、この複雑な職務を後任に説明しきれるのか、不安になった。

ミア・サン＝キョンをしこむのに、まる一年かかった。このプロセスが長引いたのはダオ・リンのせいではない。考えられるかぎりのことをやったのだ。ミア・サンのほうも、ラオ＝シン入植地の構造が複雑であつかいがむずかしいことを理解するようになった。短い挨拶をかわして交代というわけにはいかないと考えたのだ。

ミア・サン＝キョンの指揮下でも、カルタン人はダオ・リンの時代と同じように任務にはげむだろう。すでに多くのことが勝手に動きだしている。ダオ・リンはすべてを意のままにすることなど最初からあきらめていたし、カルタン人はだれの助けも借りずに自力で動くことに慣れていた。だが、いったん困難が生じると、迅速な決断が必要になるだろう。

ミア・サンは入念な審査で選ばれたにちがいない。ダオ・リンはそう自分にいいきかせた。

それでも、いやな感じは拭いきれない。

「この命令は無視するべきです」ある日、シ・ヒル＝ダウンがダオ・リンにそう進言した。シ・ヒルは新基地で宇宙船や武器の製造が予定より大幅に遅れているため、調査におもむくところだった。

「それはできない」ダオ・リンは無表情に答えた。「あなたもよくわかっているだろう。ばかげた提案はするな！」

「ちっともばかげた提案ではありません」シ・ヒルは反論した。「最後まで聞いてください！　次の帰郷船でアルドゥスタアルに問い合わせましょう。この交代で生じる問題を説明し、ラオ＝シンが困難におちいると報告するんです」

「アルドゥスタアルは聞く耳を持つまい」

「おそらくは。けれども、時間稼ぎはできます。報告がとどくまで二年、返事がくるまでもう二年。そのあいだにいろんなことが起こるでしょう」

「そうだな」と、ダオ・リンはつぶやいた。「だが、そううまくいくだろうか。よかれと思っていってくれているのだろうが、それではわたしを助けることにならない」

「あなたが助けを拒んでいるからです！」

「命令を無視しろというのか？」ダオ・リンの声にはわずかにとげがあった。

「そうです」シ・ヒルは強情だった。「その命令が無意味なものならば……」

「無意味かどうか、ここで判断はできない」ダオ・リンはきびしかった。「なにか理由があるのだろう……」

「どんな理由です？」シ・ヒルがダオ・リンをさえぎった。「なぜ、あなたにその理由が教えられないのでしょう？」

「どんな命令でも、高位女性に説明の義務はない」

「どんな命令でも？　それはそうですね、だれも要求できませんから。でも、あなたはその他大勢の者ではない。彼女たちにはあなたをこんなふうにあつかう権利はありません！」

ダオ・リンは困ったようにシ・ヒルを見つめた。惑星スタゴでの大惨事以来、彼女は頻繁にこの若い庇護者といっしょに仕事をしてきた。シ・ヒルはダオ・リンの腹心の部下であり、時期がくればシ・ヒルを自分の後継者にと考えたことさえあった。いまとなっては無理なことだが。

「わたしは命令にしたがう。それがわたしの義務だから」ダオ・リンはようやく口を開いた。「あなたも自分の義務をはたせ、シ・ヒル。あなたはラオ＝シンのことを、わたしが短期間で教えたミア・サン＝キョンよりよく知っている。だから、その知識と経験を伝えてやってほしい。期待している。あなただけでなく、ほかのみんなにも」

「ミア・サンはわたしを嫌っています！」

「どうしてわかる？」

「そういうことはわかるものです。なにか問題が生じても、彼女がわたしに助言を乞うことはないでしょう」

「それなら、先手を打て。つまり、彼女が反論できないいい方で」

「彼女はわたしを降格させますよ！」

「ばかな！」ダオ・リンは腹をたてた。「ミア・サン＝キョンは精いっぱい努力している。もちろん最初はむずかしいこともあるだろうが、そのうち慣れて、すべてはいつもどおりになる」

「そううまくいくでしょうか」

ダオ・リンはふいに怒りを感じた。

「もうやめろ！」きびしく命令して立ちあがった。「不信感を持ったり悪口をいったりするのはよせ。だれの得にもならない。命令はだれもが守らなければならない。あなたもだ。いまの発言は心にしまい、最善をつくしてミア・サンに協力するよう命ずる。そのために力をつくせ。わかったか？」

「はい」シ・ヒル＝ダウンはしょんぼりして答えた。「ですが……」

「これ以上は聞きたくない！」ダオ・リンは怒って司令室から出ていった。

だが、シ・ヒルのアイデアは捨てがたい。報告を書いて時間を稼ぐ……

「問題にならない！」ダオ・リンはそういうと、この件を解決ずみにした。

とはいえ、いまの会話でラオ＝シン入植地が実際に危険にさらされていることがはっきりした。しかも、予想外の方向から。

シ・ヒルの意見はほかの多くの者たちの意見でもあった。ラオ＝シンはアルドゥスタアルではない。高位女性たちがいるのははるか彼方だ。ダオ・リンは厳密に秩序が守られるよう気を配っているが、どんな命令でも盲目的にしたがうようなカルタン人はラオ＝シンには向かない。極限条件下で働き生活しているので、自身で判断をくだすよう迫られるからだ。

もちろん、かれらはダオ・リンがアルドゥスタアルへ帰されることも知っている。そして、それが気にいらないのだ。ダオ・リンはいちばん近しい腹心の部下たちにさえ、ごくひかえめに打ち明けただけだったが、尾ひれのついた噂は防ぎきれなかった。

ミア・サンの不人気には理由があった。

ダオ・リンは工業複合設備を視察して、カルタン人数名の話を聞いた。ある原料の供給が遅れており、量も不充分なことがわかった。採掘場に案内してもらったダオ・リンは、通常なら倍の人数と専用の機械が必要な作業を、ごく少人数で処理しているのを知ってあきれた。

「どうして必要なものを要求しない？」と、問いつめた。

「もちろん、そうしたのですが」と、グループ長のト・リ＝イアン。「人員と機械は、まず北の谷の開墾を優先して投入するといわれました」

「だれがそんなことを？」

「開墾グループの連絡係です」と、ト・リ。「ミア・サンに厳命されたとのことです。来週には開墾作業を終えなければならないとかで」

ダオ・リンは考えこんだすえ、

「わたしがなんとかしよう」と、答え、宇宙船にもどるとすぐさま命じた。「ミア・サンにつなげ！」

シ・ヒルがダオ・リンを一瞥《いちべつ》した。〝これでわかったでしょう。これから大混乱になりますよ！〟と、心のなかでつぶやいたようだ。

この瞬間、ダオ・リンにはわかった。もうすこしで本当に過ちをおかすところだったと。

「通信はやめて、フベイにもどる」と、つぶやく。

二日後、ダオ・リンはミア・サンと長い時間、真剣に話し合った。つづいて、最優先される作業のリストをいっしょに作成した。

「このリストはあなたが持っているように。もしだれかが泣きついてきても、そのためにほかの計画を犠牲にしてはならない。かんたんではないが、断固として実行すること。北の谷のこの拠点は肥えた農地だが、これは来年にまわせる。いまのところ、食糧はたりているから。開墾は延期が可能だが、宇宙船と武器はいますぐ必要だ！」

「開墾は農地ではなく、労働者たちの保養所として考えていたのです」ミア・サンの声がすこしちいさくなった。

「ここで保養所など必要ないだろう？　惑星全体で保養できるのだから」

「あまり変化のない世界だと聞きましたが」

「では、惑星を周遊して自分の目で見ることだな」

ミア・サンは黙ってしまった。

「こつをつかめ。どうか、こういうことに慣れてほしい」と、ダオ・リン。「帰郷船はほぼ完成している。わたしがラオ＝シンをスタートするまであと二週間しかない」

ミア・サン＝キョンは無表情のままダオ・リンを見た。自分の意見をいう必要はないと思っているのか。

「ま、いいだろう。われわれは最良の結果が得られるよう努力しなければならない。この命令をだれかに知らせたか？」

「いいえ、とんでもない！」

「では、わたしがいまそうしよう。あなたはわたしのやり方を守ること。そして、忘れないでほしい、われわれの最重要事項は、入植地の持続と発展だ。それ以外はすべてどうでもいい。わかってくれたか？」

ミア・サンはよろこんで同意した。

その夜、ダオ・リンはカルタン人たちに告げた。自分がラオ＝シンをはなれ、入植地をミア・サン＝キョンにまかせることを。また、きわめて重大なある理由によりアルドゥスタアルに呼びもどされたが、その理由は公表が許されていないことも。ダオ・リンはカルタン人全員に、重大で困難な職務を引き継ぐミア・サンを助け、必要な場合にはいつも全面的に支援してやってほしいとたのんだ。

そしてミア・サンも抜け目なく、自分からも助力と支援を乞うた。

ダオ・リンは、全員が納得したわけではないとわかっていた。ミア・サンが大胆な変革を実行するのはいいが、自分の出発日にはじめたりしないようにとも願った。彼女が慎重にことを進め、ゆっくり移行すれば、ラオ＝シンの発展にもかえって弾《はず》みがつくかもしれない。

これ以後、ダオ・リンはすこし気持ちがおちついたので、出発の準備に専念した。ある日、シ・ヒルが個人的に《サナア》にやってきた。

「もうすぐご帰還ですね」と、若い庇護者はいった。「またお目にかかりましょう。絶対に再会できると確信しています」

そして《サナア》が出発し、長い旅がはじまった。単調で退屈な旅だ。ダオ・リンは時間を持てあました。いまいましい毎日が過ぎていく。無為にすごすことに慣れていないのだ。波瀾万丈のラオ＝シンの日々のあとでは、とくに夜はゆっくり休めなかった。

これからの二年は、いつどこで自分がミスをおかし、失敗したのかを考える時間だ。

惑星カルタンで、自分に帰還命令をくだした者に会い、その根拠をくつがえしたいと望んだ。もし裁判があるなら、どんな結果になってもかまわない。この命令を出した張本人を、わたしは……

このとき、はげしい振動が《サナア》を襲った。警報サイレンが鳴りひびく。

ダオ・リンは過去に思いを馳せるのを忘れて憤《いきどお》りを棚あげし、飛び起きてキャビンから走りでた。

「なにごとだ?」通りがかった一カルタン人を呼びとめる。

だが、すぐにアナウンスがあった。

「攻撃を受けました! 注意! 攻撃を受けました……」

「なんてことだ、まったくついてない!」そういうと、ダオ・リンは司令室に走った。

10

《サナア》はそのとき、まだ惑星カルタンから一万光年ほどはなれたところにいた。最後の中間静止ポイントだった。エンジンはほとんど燃えつきており、技術者はもう一度修理することを要求していた。それも、至急やらなくてはならない。

この時点で危険を予想していた者はだれもいなかった……だがそれでも、あらゆるものが、敵が《サナア》の出現を待っていたことを示唆していたのだ。

その敵船団を見て、ダオ・リン＝ヘイは思わず息をとめた。あれが〝敵〟だというのか？

思いだせるかぎり、テラナーやほかの銀河系住民はもうアルドゥスタアルに用はないはずだ。それとも、ダオ・リンの長期不在中に協定が変更されたのか？

ともかく、それはたしかにテラ船団で……楔《くさび》型船の一個隊だった。それが、寿命のつきかけた帰郷船に押しよせてきたのだ。《サナア》にはもう最終段しかのこっていない。ほかの段はぜんぶひろい深淵に置き去りにしてきた。

「どうしますか？」ダオ・リンが司令室に入ると、技術主任のタイ・カ＝スホンが叫んだ。「どうやって戦えばいいでしょう？」

ダオ・リンにもわからない。

この船にエスパーは乗っていない。そして、パラ露は？　あの数粒を、サヤアロンを調べるために使わずにとっておいたとしても、圧倒的に優勢な敵を前にしては、なにもできなかっただろう。

「われわれには武器がある」と、ダオ・リン。「準備しろ！」

「もうどうにもなりません」タイ・カは火器管制コンソールに駆けよりながら、あきらめ顔だった。「相手ははるかに強力です」

そんなこと、ダオ・リンはだれより知っている。だが、武器を使えば時間は稼げるかもしれない。

時間……なんのために？

「それでも、やるのだ」もうひとつのコンソールで、彼女はひとりつぶやいた。乗員の大部分はまだエンジン室で作業している。

ダオ・リンは楔型船団に向けて砲撃した。だが、なんの効果もない。

「エンジン室、修理は終わったか？」合間にマイクロフォンに向かって叫んだ。「われわれ、すぐに逃げないと！」

返事はないが、カルタン人たちは大車輪で作業しているにちがいなかった。もしかしたら、消耗しきったエンジンですぐにも発進できるかもしれない。だけど、もしだめだったら……

ダオ・リンはもう一度砲撃した。狙った船の側面にテラの文字が三つ、記されているのが見えた。〝PIG〟とある。なにを意味するのかは知らない。興味もない。テラナーは礼儀知らずで、カルタン人の武器に敬意をはらうそぶりすら見せなかった。《サナア》の最終段がいまどんな状態にあるか、見たにちがいないのに。なぜ、こんなみすぼらしい状態の船を攻撃するのだ？　いったい、ここでなにをしようというのだろう？

「かれら、われわれを待ち伏せしていた！」ダオ・リンはふいにそう思った。「これは罠だ！　これまでにも何度か帰郷船を見張っていたにちがいない」

だが、帰郷船が襲われたことは一度もなかった。

なぜ、よりによっていまなのだ？

ダオ・リンは立ちすくんだ。ほんの一瞬、なにかを感じたのだ。それはすぐに弱まったが、消え去ったわけではない。そのなにかは、この楔型船の一隻からきている。

彼女は、通りかかった一カルタン人を捕まえて命じた。

「ここはまかせた！」

できることはそれほど多くない。楔型船団は《サナア》の貧弱な攻撃を避けようともせず、ぼろぼろの最終段に、吸血昆虫のように群がってきた。

だが、これらの船のなかに……

ダオ・リン＝ヘイは壁にもたれて意識を集中させた。この状況でそれは、かんたんではなかったが。船内じゅうに警報が鳴りひびき、そこにカルタン人たちの怒号がまじる。ときどき、楔型船のほうも武器を発射した。だが、こちらを狙ってはこない。たいてい《サナア》をかすめる程度で、ときには空虚空間に向けて撃っている。それでもダオ・リンは幻想に浸ったりはしない。この敵はほんの一瞬で、《サナア》全体を赤熱《せきねつ》する球に変えられるだろう。

「もてあそんでいるだけだ」すべての思考を船に向けて、こうつぶやいた。「だれが、なんのために、われわれをもてあそんでいる？」

数粒でも手もとにパラ露があったなら！

だが、パラ露がなくても、敵の船内に生命体がいることを感じとれた。つまり、彼女の能力は損なわれていなかったのだ。

では、第二のプシオン標識灯はなにを意味するのか？

ふと頭をよぎったこの考えを、ダオ・リンはわきへ押しやった。

勘違いでなければ、彼女が感じた〝なにか〟とは、遠くからではあったが以前ヴァアルサで出会ったことがある。この一瞬で思いだしたのだ。もうずいぶん前のことで、それだとわかったことが不思議だった。確信はないものの、それだと思う。

一瞬だけ、その相手の意識とつながった。

相手は女テラナーで、名前はニッキ・フリッケル。自分の意識が読まれているとは気づいていない。ニッキ・フリッケルは得意げだ。彼女の計画の幕があがったから。その計画とは単純なもので、カルタン人の遠征船を捕らえること。理由は……

ダオ・リンは急に元気づいた。突然に燃えあがった怒りが、異船のなかにまで達していた、目に見えないつながりを引きちぎる。

テラナーが狙いをつけているのはこの自分、ダオ・リン＝ヘイだとわかったのだ。通信を傍受したにちがいない。わたしがアルドゥスタアルにもどることを知り、ここで待ち伏せしていたとは！

ニッキ・フリッケルは前にもダオ・リンを追ってきた。しかも、このいまいましい女は、工廠惑星ヴァアルサを見つけだしたのだ。秘密施設の奥深くもぐりこみ、遠征船の設計図や初期の製造段階を発見した。さらに悪いことに、ダオ・リンのだいじな掠奪品、パラ露捕獲機を破壊したのだった。

いまになってこの女テラナーは、わたしをどうするつもりだ？　いいかげんにカルタン人をほうっておけないのか？

ダオ・リンはもう一度、コンタクトを試みた。罠の目的がわかれば、女テラナーの計画をだいなしにできるかもしれない。

意識を集中していると、聞きおぼえのある〝声〟が割りこんできた。

〈避難し、おまえのたいせつな命を守るのだ！〉アルドゥスタアルの〝声〟が叫んだ。

ダオ・リンは棒立ちになり、こう思った。

からかっているのですか？　わたしを裁判にかけるのが、そんなにたいせつなことなのですか？

〝声〟はそのことには触れなかった。

〈逃げろ！〉懇願するような叫び声。〈ぜんぶ放棄して。自分の命を救え！〉

「〝わたしの〟命？」ダオ・リンは辛辣《しんらつ》だった。「では、ほかの者たちの命は？」

返事はない。

「これがあらたな試験だというなら、わたしは合格してみせます」ダオ・リンはそう誓った。「なにがあろうと、わたしはまだ《サナア》の庇護者です。これはわたしの船。外で数人のテラナーが花火をあげているというだけで、ここをはなれることはできません」

〝声〟の反応はなかった。

「エンジンはどうなった？」ダオ・リンは近くにあるマイクロフォンからたずねた。

「どうもいけません」船の深部から返事がきた。

「かまわない。なんとか切りぬけるのだ。急げ！」

ひとつはっきりしていることがあった。女テラナーのニッキ・フリッケルには《サナア》を破壊するつもりはない。カルタン人に危害をくわえるつもりもない。ほしいのはダオ・リン＝ヘイだけ。なにかを聞きだしたいのだ。

「脱出するぞ！」ダオ・リンはタイ・カ＝スホンに命じた。「アルドゥスタアルの奥深くまで！」

タイ・カはすぐに理解した。カルタン人数名が大急ぎで司令室に駆けこんできた。《サナア》の深部から突然、とてつもないうなり音が聞こえてきた。船全体が振動している。

「もう無理です！」度を失っただれかが叫んだ。

うなり音が大きくなってきた。ダオ・リンは全身ががたがた震えるのを感じた。すべてが振動している。スクリーンがみしみしと音をたてはじめ、やがていくつかが割れて、ガラスの破片が噴水のようにコンソールに降り注いだ。

「エンジンを切れ！」騒音のなかでダオ・リンは叫んだが、だれの耳にもとどかない。

もう時間がないことはわかっていた。脱出は失敗だ。エンジンが動かない。いまエンジンを切っておかなければ、真っぷたつに割れて、おそらく《サナア》本体も壊れてしまう。

〈いいから逃げろ！〉

ダオ・リンは〝声〟を無視した。

タイ・カがすわっているシートを、上からかがみこんで見る。かれは意識を失って、頭をコンソールの上にのせたままだ。ダオ・リンは急いでそこをはなれ、あらゆるスイッチを切りまくった。エンジンはまだうなっていたが、音がしずまり、振動もおさまってきた。

〈安全な場所に逃げろ！　われわれにはおまえが必要なのだ！〉

「ええ、もちろんそうでしょう」ダオ・リンは苦々しげだ。「どれほど急ぎの裁判なのですか、あと数日が待てないなんて」

だが、おそらく数日では無理だろう。テラナーはなんでも徹底的にやる種族だ。いったん疑問を持ったら、すぐにあきらめたりしない。

このとき、魅力的なアイデアを思いついた。

テラナーがこの船を破壊するつもりでないことは明らかだ。ダオ・リンが降伏してニッキ・フリッケルを乗船させたなら、アルドゥスタアルの裁判所はしばらくラオ＝シンの庇護者を待ちあぐねることになる。あるいは、テラナーに一発お見舞いして、なにか獲物を奪うチャンスも生まれるかもしれない。それを持ってカルタンに帰郷したら、ダオ・リン＝ヘイは賢くて勇敢だと、みな納得するだろう。だいたい、みんなわたしをなんだと思っているのだ？

とはいえ、それは夢にすぎない。

だが、このはげしい衝撃と突然の轟音《ごうおん》は現実だ。警報装置のけたたましい叫びは耐えがたかった。

ダオ・リンは怒りにまかせて、スイッチひとつをたたき壊した。はじめは静けさが心地よかったが、やがて床や壁からきしみ音が聞こえてきて、危険を予感させた。

「エンジンが吹き飛ばされました」と、だれかの声がした。

ダオ・リンは声がしたほうに振り向きもしなかった。

たくさんの光が明滅したと思うと、突然、消えた。スクリーンには楔型船が数隻うつしだされている。ゆっくりとこちらへ近づいているが、もう撃ってはこない。

「ＰＩＧから《サナア》へ」テラ語のアクセントのある甲高《かんだか》い声がスピーカーから流れてきた。「抵抗をやめなさい。われわれはそちらへ乗船する！」

「やれるものならやるがいい」ダオ・リンは怒っていった。

そこへなにかが脳に押しよせてきて、ダオ・リンはよろめいて身をよじった。

〈こちらはアルドゥスタアルの〝声〟だ！〉その声はダオ・リンの脳の細胞ひとつひとつにしみこむほどに響きわたった。〈おまえが罰せられることはない。われわれにはお

まえが必要なのだ。船をはなれろ!〉
ダオ・リンはこぶしで脳をつぶされているような気がした。こだまのように〝声〟が響いて、彼女は意識を失った。

11

はるか遠く、アルドゥスタアルのどこかで、カルタン人の老女がひとり身をすくませていた。

「やりすぎた」驚いたようにつぶやく。「われわれ、彼女を殺してしまった！」

だれかがそっと老女の腕に触れた。

「心配しないで」と、やさしくいう。「彼女は生きている。すぐに意識がもどるだろう」

老いたカルタン人は身震いした。冷気が動物のように自分に忍びよって襲いかかり、死という冷酷な虚空へ突き落とそうとするのを感じた。

「もう見ていられない」と、老女は嘆いた。「あなたたちの声はいつでも同じことをいっているように聞こえる。なぜ、なにもしない？　わたしに後継者なしで死ねというのか？」

「もちろん、そんなことはない。なにもかもうまくいく。われわれ、細心の注意をはらって後継者を選択したのだから。ダオ・リン＝ヘイはちょうどいいときにここへ到着するだろう」

「ちょうどいいときに？　それはいつだ？　わたしの命はもう長くない」

「安静にすることだ。われわれがそばにいるから」

「彼女はなぜこない？」

「乗員たちを見捨てられないのだ」

「それは違う。わたしは聞いた。彼女はあなたたちに抵抗しているのだ。彼女になにをした？」

「あなたが心配するようなことはなにもしていない」

「いまここで心配する権利を持つ者はわたしだけだ。わたしの後継者にあなたたちがなにをしたのか、知りたい。彼女が命令にしたがわないのははじめてだ。さ、いいかげんに真実をいってもらおう！」

「われわれは、ラオ＝シンをはなれてアルドゥスタアルにもどれと命令した。それを彼女が誤解したのだ。なにかミスをしたのではと思いこみ、罰せられるのを恐れている」

「なにに対する罰だ？　どうしてそう考えたのだ？」

「さっきもいったとおり、誤解したのだ」

「だったら、早くそれを知らせよ」

「そうかんたんにはいかない。彼女は不安を感じている。船が攻撃されたので、われわれの声に耳をかたむけるのはむずかしいだろう」

「なにがなんでも、そうさせよ！」

老カルタン人は起きあがろうとしたが、衰弱がひどく、手助けされて寝床に横たわった。

「われわれが伝えよう」ひとりの声がそう約束し、べつの声がなにかつぶやいて老女をなだめた。

「彼女はここへくる。心配にはおよばない」

けれども、死がそこまで迫っている高齢のカルタン人に、そんな言葉は無意味だ。死の冷たさが感じられることを、だれもがわかっていた。病人でさえ、そのことは承知している。たとえ、ときどき記憶が消えてしまっても。

「もう待てない」老女は嘆いた。「もうじき死ぬというのに、後継者がいないとは。あなたたちのせいだ。ボタンをかけ違えた」

「安静にすることだ」

「安静になどしていられるか！　彼女にも意味がわかるような命令を、どうしてあたえなかったのだ？」

「無理だったのだ。ほかの者もみな、命令のことは知っていたから。いま、この時点で、かれらにすべてを知らせるべきだろうか？　それができないことは、あなたもわかっているはず」

「だが、もし後継者がいないまま、わたしが死んだら……」

「そうはならない。われわれ、総勢十七名が、あなたを助ける。あとすこし気力を奮い起こしてもらいたい」

「あとすこし気力を、というのか？　それがどういう意味かわかるか！　なぜ、さっさと彼女を連れてこない？」

「待つしかないのだ」

「船が攻撃されているのに？　わたしより後継者が先に死ぬというのか？」

「攻撃者に彼女を殺すつもりはないし、彼女は逃げおおせるだろう」

「逃げなければならない。そうしないと……」

「大丈夫。彼女もすぐに意識がもどるだろう。もう一度、呼びかけてみる。こんどはしたがうはず。心配いらない。もうすこしの辛抱だ。そう長くはかからない」

病気の老カルタン人は応えなかった。

周囲の者たちは黙って見つめ合った。

責任の重大さも、この時間が危険だということも、よくわかっている。

〝全知女性〟はたった十八名しか存在せず、しかもそのうちの一名は死の床にあるのだから。女カルタン人の全員を調べたところ、全知女性となる要件を満たす者はダオ・リン＝ヘイただひとりしかいなかった。だから、彼女が死にゆく者のあとを継ぐことになったのだ。ただし、前任者が生きているあいだにダオ・リンをここへ連れてこなければならない。ところが、この状況ではかんたんにいきそうもなかった。

それでも、やらなければならない。全知女性たちにはほかの選択肢がないのだ。高位女性のなかにさえ、ダオ・リン＝ヘイのように要件に合う者はいないのだから。

だが、全知女性たちに重くのしかかる問題は、それだけではなかった。

カルタン人にとって重大で困難な時代がはじまったのだ。

全知女性には、それがわかっていた。なぜなら、カルタン人の真の歴史を記憶にとどめているからだ。彼女たちのほかに種族の真実を知っている者はいない。

彼女たちはアルドゥスタアルの〝声〟として、高位女性に指示をあたえている。彼女たちこそ、カルタン人の運命を背景から左右する導きの力なのだ。

それは重い荷物だった。

老いた病気のカルタン人は浅い眠りに落ちた。彼女が眠りからいつさめるのか、あるいは目ざめるかどうかさえ、だれにもわからない。

やはり老いてはいるが、病気ではないのこりの十七名は、ダオ・リン＝ヘイにもう一度コンタクトする準備を急いだ。

12

ダオ・リン＝ヘイは、最初なにが起こったのか、まったくわからなかった。《サナア》の壁から危険を知らせるぎしぎしいう音が聞こえ、ゆっくりと記憶がもどってくる。用心しながら身を起こした。

楔型船団が接近している。だが、遠征船の最終段にはまだ到達していない。

そこからダオ・リンは、自分が意識を失ってからさほど時間はたっていないと判断した。

頭蓋骨が砕けてもおかしくないと感じるほどの強い力を使って〝声〟が話しかけてきたことを、ぼんやりと思いだした。

〝声〟は、なんといったのだったか？

〝おまえが罰せられることはない〟

自分の思い違いだろうか？　あっという間の出来ごとだったが、その言葉が脳内でこだまのように響いている。すべてが混乱していた……

この船をはなれろとのことだった。思いだせない。だが、〝声〟はどう思っていたのだろう？

《サナア》は難破船になった。テラナーのせいで……

待てよ、あそこの表示はどういう意味だろう？

「エンジンはテラナーが吹き飛ばしたと思っていたが」混乱して、そうつぶやいた。

「いいえ」自席にいたタイ・カ＝スホンが応えた。「一瞬そう見えましたが、相手の砲撃は外被をかすっただけでした。エンジン室で轟音がしたのは、船そのものが原因の故障のせいでしょう。いまとなっては、どちらでも同じですが。われわれはもう逃げられないのですから」

「修理はほとんど終わっていたはずだ！」

「ええ、そうです。ただ、技術者たちがあわてていて失敗したのでしょう」

ダオ・リン＝ヘイが鋭い視線でにらみつけると、タイ・カは気まずそうに口髭をなで、急いで弁解した。

「わたしにはどうすることもできません。長旅でしたから。《サナア》はよく耐えましたが、最終段がアルドゥスタアルまであと一歩のところで不調になってしまった。それに、こんな戦闘に巻きこまれるとは予想外でした」

ダオ・リンはスクリーンを見て、

「戦闘だと！」と、苦々しげにつぶやいた。「そう呼ぶ状況にはほど遠い」

〈ダオ・リン＝ヘイ！〉

彼女はぎくっとして無意識に両手をこめかみに当てた。

〈やめてください！〉と、驚愕しながら思考する。〈いまはだめです！　ここがかたづくまで待ってください！〉

〈逃げろ、ダオ・リン＝ヘイ！　おまえの命がいちばんだいじだ。命を危険にさらしてはならない〉

〈でも、わたしは逃げたりできません〉と、ダオ・リンはうろたえた。〈わたしは《サナア》の庇護者なのだから〉

ごりっぱな庇護者だこと！　そう、頭のなかでつけたした。船にエスパーはいないし、最初こそ《サナア》は楔型船と距離をたもつことができていたが、それももうおしまいだ。手もとにはひと粒のパラ露すらない！　たとえパラ露があっても、いまいましいテラナーに対して、たったひとりでわたしになにができる？

〈かれらはカルタン人にはなにもしない〉と、〝声〟がいってきた。

〈そうでしょうか？〉と、ダオ・リン＝ヘイは思考した。彼女の考えは違う。

〈かれらは蛮人ではない。《サナア》に乗りこんできて乗員を尋問するかもしれないが、それですべては終わる〉

〈まるで、そんなことはたいして悪くないというように聞こえますが〉と、ダオ・リン＝ヘイ。〈テラナーは、われわれがラオ＝シン入植地を建設したと知るでしょう。それだけでも、おおごとではないのですか？〉

〈それを聞いたところで、たいしたことはわかるまい。それに、かれらはこの四段船の行き先もすでに知っているはずだ。そうでなければ、待ち伏せなどできないだろう〉

これらの議論には一考の価値があった。

〈それでも《サナア》をはなれることはできません〉と、ダオ・リンは考えた。〈わたしにはこの船と乗員に対して責任がある。だから、ここにとどまります。これ以上の過ちを重ねることは許されないので〉

〈おまえは過ちなどおかしていない。まったくその反対だ。りっぱな仕事をなしとげた〉

〈では、なぜ呼びもどされたのです？〉

〈アルドゥスタアルでおまえが必要だからだ〉

〈高位女性たちもそれをご存じでしょうか？　わたしは罰せられるのだと思っていました！〉

〈だれもおまえを罰したりしない〉

ダオ・リンは急に目眩を感じた。三年間、頭を悩ませ、突然の降格の理由になるような、どんな失敗をしたのかを考えてきたもの。三年もの長いあいだ自分を疑い、アルドゥスタアルを旅立ってからの行動をあれこれこじつけて解釈してきた。理解できない命令の理由を探すために、眠れない夜を何度すごしただろう。

それなのに〝声〟はあっさり、なんの罰もないというのか。

〈残念だ〉

そうよ、と、ダオ・リンはひとりごちた。わたしも同じ気持ちだ。三年間……ラオ＝シンのプシオン標識灯にかけて、もっと早くそういうことはできなかったのか？　ほのめかすだけでもいい、そうすれば、すべてがもっとかんたんだったのに。

〈本当に悪かった〉〝声〟がくりかえす。ダオ・リンははっとして身をすくませた。

そうだ、うっかりしていた。どんなにかくそうとしたところで、〝声〟は彼女の頭のなかまでお見通しなのだ。

「どうか許して！」と、つい声に出してしまう。

タイ・カ＝がびっくりしてこちらを見た。

「《サナア》に対しての言葉だ」ダオ・リン＝ヘイはとっさにそう言い訳した。「船を守ってやれなかったから」

「そんなこと無理でしょう？」タイ・カはきょとんとしたようすだ。「こんな襲撃をだれが予測できたと？　あなたの責任ではありません！」

ダオ・リンはあたふたと顔をそむけ、〈わたしに逃げろというのですね〉と、〝声〟に訊いた。〈でも、どうやって？　そして、どこへ？〉

〈この船に搭載艇があるのを忘れたか？〉

実際、彼女は忘れていた。無理もない、長い旅路で一度も使わなかったのだから。帰郷船に搭載艇を装備するというのはまったくばかげていた。銀河間の大きな深淵で、それがなんの役にたつ？

もし船が飛行不能になるほど損傷したら、命はあきらめるしかない。搭載艇ではアルドゥスタアルにもラオ＝シンにもたどりつけないのだから。

けれども、ダオ・リンは任期中に送りだした最初の帰郷船に搭載艇をそなえるよう命じ、それがいまも踏襲されていた。ラオ＝シンでは自前で船を建造できず、どんな船もむだにできなかったにもかかわらず。

当時はなぜ搭載艇が必要なのか、だれにもたずねられなかった。その無意味さに気がついたのがいまでよかった、すこし前なら、資源のむだづかいが降格の理由だったのかとくよくよしただろう。

だが、自分はなぜそれを命じたのだろうか？

「テラナーが回答をもとめています」タイ・カ＝スホンが報告した。「こちらに乗船したいといってきました。こちらにもいくつか武器はありますが、テラナーを阻止できるかどうかはわかりません。短時間なら可能でしょうが」

「われわれ、戦ったりはしない」ダオ・リンはきっぱりいい、もう一度スクリーンを見つめた。

タイ・カが驚いて立ちあがったが、ダオ・リンは気にかけもしない。

「乗船するよう伝えてくれ。われわれは降伏する」

ダオ・リンが大きな声で話したので、司令室に居合わせたカルタン人はみな驚いて彼女を見つめた。

「抵抗してもむだなことだ」ダオ・リンはいまいましそうにつづけた。「かれらがわれわれを殺すつもりなら、とっくに《サナア》を破壊していたはず。かれらはこちらより……すくなくとも技術面では……優位にあるが、やむをえない理由なしに相手を殺したりはしない。わたしはテラナーをよく知っている。こちらへきてもらおう」

「しかし……」

「これは命令だ！」きびしい声が飛んだ。「戦闘はない、いいな？」

タイ・カはうなだれ、ほかの者たちはさっと顔をそむけた。ダオ・リンはテラナーに向けた通信による返答を聞き終えると、踵を返して司令室を出た。

わたしはなぜ呼びもどされたのだろう？　宇宙船の後尾へ急ぎながら、そう考えた。

〈おまえは選ばれたのだ〉〝声〟が答える。〈おまえには特別な才能がある。全カルタン人の種族のなかで、おまえのほかに適した者はいない。この任務を引き受けてほしい〉

高位女性たちはどうなのです？

〈おまえが呼びもどされたことは彼女たちも知っている〉

そういう意味で訊いたのではありません。彼女たちが持たない才能を、わたしがはたして持っているのでしょうか？

〈彼女たちのだれもおまえのかわりにはなれない！〉

これまでいろんな目にあったが、まだまだ驚くことがあったようだと、ダオ・リン＝ヘイにはわかった。〝声〟が突然、脳内に響く短いメッセージではなく、会話として彼女と話すようになったことも、ずいぶん奇異に思えた。

高位女性たちもときおりこんなふうに〝声〟が話すのを聞いているのだろうか？〝声〟はきっとこの疑問も理解したはずだが、それには答えない。

ダオ・リンは身をすくませた。目の前に、ふいに女カルタン人がひとりあらわれたのだ。船のこの区域にはもうだれもいないはずだったが。

そのカルタン人は右腕の傷から血を流し、平衡感覚を失って壁を手探りしながら、つらそうに歩いていた。

「なにが……起こったのですか？」ダオ・リンを見て、つかえながらそういった。

「船が攻撃されたのだ。けがはひどいのか？」

「ただのかすり傷ですが、聴覚をやられました。それで、いまはどうなっているのですか？」

「われわれ、降伏するしかない」《サナア》の庇護者はそういうと、自分がこの状況にけっして満足していないことに気づいた。「だが、大丈夫だ。すぐに助けがくる」

「それはよかった」カルタン人はほっと息をついた。「目眩がするんです。まるで船全体がまわりつづけているようで」

無理もなかった。彼女は《サナア》がリニア空間へジャンプを試みたとき、エンジンのそばにいたらしい。上の司令室でもひどく揺れたが、ここでは耐えられないほどだったにちがいない。カルタン人種族は平衡感覚が過敏なので、器官が障害に耐えられなかったのだろう。

ダオ・リンは彼女に腕をまわした。

「しっかりつかまれ！　このセクターから出るのだ。そうしないと、だれもおまえに気づかないから。エンジンがおかしくなったとき、ひとりでいたのか？」

「はい」

「では、ここでなにをしていたのだ？」

〈この船をすぐにはなれろ！〉〝声〟が急《せ》きたてた。そのせいで、カルタン人の返事を聞き逃してしまう。だが、そんなことはどうでもいい。だいじなのは、エンジン区域にほかにもうだれもいないかどうかだ。テラナーがこの区域を探しまわるかどうか、わかったものではない。

〈行け！〉〝声〟がじれったそうに命じた。〈全カルタン人の運命は、おまえが安全な場所に避難できるかどうかにかかっている！〉

〈これはわたしの船です〉と、ダオ・リンは頭のなかで返答した。《サナア》と乗員を見捨てるだけでも充分ひどいのに、目の前にいるたったひとりのカルタン人を危険な目にあわせるなど、わたしにはできません。しかも負傷者です。彼女を居室へ連れていきます。あとは自分でなんとかできるでしょう。そう長くはかかりません。それに、テラナーの楔型船が周囲にいるあいだは搭載艇で出発できない。こちらへ乗りこんできたときを狙います。気がそれるでしょうから、逃げやすいと思います〉

〝声〟がなにも反論しないので、ダオ・リンはよろこんだ。自分自身にも驚いていた。まさか、こんなかたちでアルドゥスタアルの〝声〟と対話できるとは思ってもいなかったから。

負傷者が自力でなんとかできるよう居室まで連れていき、ほかにエンジン室から逃げ遅れた者がいないか探すと言い訳して、その場をはなれた。負傷者は引きとめなかった。

〈あとになって、わたしがどこへ行ったかと、みながこの負傷者に訊くでしょうね〉ダオ・リンは苦々しくそう思考しながら、急いで立ち去った。〈テラナーはわたしの逃亡に気がついて、乗員たちにそれを知らせるでしょう。願わくは、自分の部下たちとすぐに顔を合わせることがないといいのですが！〉

〝声〟は沈黙している。

もっと負傷者を探したいという誘惑に負けそうになった。だが、さっきの負傷者が医療処置を希望したら、すぐにタイ・カも同じことを考えて探しはじめるかもしれない。とはいえ、すぐに探しにこられても困る。壊れた《サナア》から逃げだすところを、部下たちに見られるのがいちばんいやだった。

搭載艇を見つけ、無傷であることを確認してほっとした。エアロックも機能する。ダオ・リンは艇に乗りこみ、緊急発進の準備をした。あとは〝声〟が目的地を指示するのを待つだけだ。

だが〝声〟はまだ黙っている。自分がなにか失礼なことでもしたのだろうか？〝声〟が考えを変えて、もっと従順なカルタン人を選ぶことにしたのか？

ダオ・リン＝ヘイにはわからなかった。

疑念と不安のなかで待っていると、通信機から声が聞こえてきた。さらに、エアロックを通して、楔型船の巨大な船体が見えた。アルドゥスタアルの星々をおおいかくす、重厚な巨体だ。それから上のほうに光点がひとつ見え、声がした。

「エアロックを開けろ！」

テラナーが乗船してきた。カルタン人たちは、庇護者が姿を消したことにすぐ気づくだろう。彼女のたったひと言の不用意な発言で、《サナア》をはなれる前に逃亡劇は終わってしまう。

「いいかげんに教えてください！」ダオ・リンはたのんだ。「どこへ向かえばいいのですか？　まわり道をするような時間はありません。搭載艇の航続距離はたかが知れています！」

それに、テラナーは時間をむだにはしない。ニッキ・フリッケルとやらは、ダオ・リン＝ヘイを探し、あらゆる手段をつくして捕まえるだろう。

ようやく〝声〟がもどってきた。

〈急げ！〉力強い叫びに、庇護者の目の前で一瞬、火花が散った。

「どこへ？」ダオ・リンがぎょっとして叫んだ。「それを教えてください！」

ほんのつかの間、〝声〟にこの質問がとどかないのではないかと案じた。

そこへささやき声が聞こえ、知りたかったことが知らされた。

ダオ・リン＝ヘイは安堵の息をつく。ちいさな搭載艇はエアロックから勢いよく飛びだし、アルドゥスタアルの〝声〟の出どころへと疾駆していった。

盗聴拠点ピンホイール

H・G・フランシス

登場人物

ニッキ・フリッケル…………三角座銀河情報局（ＰＩＧ）チーフ
ウィド・ヘルフリッチ………ＰＩＧ副チーフ
ポエル・アルカウン…………ＰＩＧ要員。テフローダー。盗聴能力者
サグレス・ゼゴム……………同要員。超心理学者
ガム・ホア
エリス・メインヒン
テイパー・オタール
ゲン・テンテン
………同要員。パラテンサー
ダオ・リン＝ヘイ……………カルタン人。庇護者

1

胸騒ぎを感じつつ、シュ・ハン＝ヘイは自宅のテラスに出た。テラスの上には高価なエリストイ石でできた金銀線細工のような支えが四本、アーチ状にしつらえてある。カルタン帝国の中心惑星でしか産出されないこの石は、彼女のお気にいりだ。この石には神秘的な力が宿っているらしい。これがないと彼女は困ることだろう。

テラスから下の公園まで、エリストイ石でつくられたひろい階段がつづいている。ほかの六グレート・ファミリーの高位女性たちは、豪華な朝食のテーブルをかこんでいた。近くの沼からやってきた四羽のクチバシサギが自分たちを興味津々《きょうみしんしん》で眺めているさまを、楽しんでいる。

シュ・ハン＝ヘイは立ったままだ。ハイゴレンの木から漂ってくる香りを吸いこみ、鳥たちの歌声を浴びていた。

十五年前、ラオ＝シン・プロジェクトが大々的に動きだしたときにグレート・ファミリーがこぞって移住してきたこの惑星で、彼女は幸福だった。とはいえ、ここを去ってはるか遠くの入植地のどこかへおもむくことを、躊躇《ちゅうちょ》したりはしない。

グリーンの雲が沼からこちらへ近づいてきた。ぶーんと音をたてながらやってくる。その雲は数千匹のちいさな蚊の集まりだ。シュ・ハン＝ヘイはその場所にとどまっている。なすがまま雲につつまれ、息を浅くして蚊を吸いこまないようにした。強い香りが鼻へ入りこんでくる。心地よく刺激的なにおいだ。

「ありがとう。もう充分」そういってシュ・ハンはほほえんだ。

その言葉を理解したように、蚊の雲ははなれていく。全エスパーの頂点に立つ高位女性シュ・ハン＝ヘイは、自分を待つほかの高位女性たちのほうへ向かってたずねた。

「〝声〟を聞いたか？」それがいわずもがなの質問であることを、彼女は自覚していた。この十五年で、高位女性たちは頻繁に〝声〟を聞くようになっている。それもひとりだけでなく、全員がそうだった。

高位女性たちはカルタン人を統治するが、けっして独裁ではなく、アルドゥスタアルの〝声〟のすすめや指示にしたがって決定し、行動している。それでも、数多くの政治的決断をくだすために、はげしい戦いや争いがくりひろげられた。だが、いまは全員が同じ目標を追いもとめている。あらゆる努力の先にあるのは、四千万光年はなれた銀河団のなかに入植地を築くという、ラオ＝シン・プロジェクトを成功させることだ。いつの日か、そこへは全カルタン人が移住する。

シュ・ハン＝ヘイはラオ＝シンが強力なプシオン放射源であることを考えた。それは、カルタン人にかぎりない幸福の地を約束する、宇宙ののろしだ。

これについては、シュ・ハンは配下の者たちに伝えている。だが、自分をふくむ高位女性の上位者が〝声〟であること、また、それが本来の権力者であることは、きょうまで秘密として守ってきた。

「食事にしよう」そう提案して、ほかの者たちと同じテーブルについた。「食べながら、話し合おうと思う。三角座銀河情報局……PIGと名乗るグループが、恥知らずにも帰還中の遠征船《サナア》を攻撃したことについて。この攻撃が最悪だったのは、呼びもどされたダオ・リン＝ヘイが乗っていたからだ」

高位女性たちは、すでにことのしだいを知っていたにもかかわらず、あらためて憤慨した。早急に対策を講じる必要がある。話し合いはつづき、PIGに対して、そうすぐには忘れられないような返礼をあたえることに決めた。

シュ・ハン＝ヘイは、命令を出した。PIG基地〝ラムダ・カーソル〟を攻撃し、占拠するようにと。

＊

ウィド・ヘルフリッチは両手で顔をおおった。次にスペース＝ジェットのモニター画面を見ると、ほかの乗員から〝馬の歯ならび〟とからかわれている歯をむきだして、無作法ににやついた。前にニッキ・フリッケルがその歯を見て、ウィドの先祖は馬商人だったといったことがある。馬が高値で売れるよう、競売のたびに新鮮な草や薬草味の磨き粉で歯を磨いてやっていたのだ、と。つくり話にちがいないが、乗員たちは気にいっていた。

モニター画面には、ＰＩＧ船団に追いつめられて降参を余儀なくされたカルタン船《サナア》がうつしだされている。ウィド・ヘルフリッチは侵入部隊を編成し、《サナア》に乗船する準備をはじめていた。

「この講和を手ばなしで信じることはできないわ」ブロンドの若いネクシャリスト、ミリアム・ステアがいった。彼女はいつも自信なさげで、石橋をたたいてもわたらないタイプだ。ヘルフリッチは彼女を未熟だとみなしていて、それをかくそうともしなかった。

セラン防護服を身につけながら、にやりとする。

「そうだとしてもね、気にしなさんな。おおかたのニワトリは卵のときに鍋に入る。たいしたことは起こらないよ」

「わたしがばかなニワトリだっていいたいのかしら？」ミリアム・ステアは怒っていた。見くだされた気がしたのだ。だが、そうやっていいかえした瞬間、失敗に気づいた。

「おやまあ。そんなことは絶対ないよ」そういうと、ヘルフリッチは侵入部隊のほかの四名をいたずらっぽい目つきで見た。「だって、きみはまだひよっこだからね」

「あなたってよくよく鼻持ちならないわね」ミリアムがかみついた。「一発お見舞いするところよ」

「なんだって？」ウィド・ヘルフリッチは大げさにいった。「鼻持ちならない？」

ミリアムは唇をかたく結んで、かれの視線に耐えようとした。

「撤回するってことだな」そういうと、ミリアムの返事を待たずにつづけた。「よし、悪いとわかればそれでいい。これで一件落着だ」

ほかの者たちが笑い、ミリアムはいっそう立つ瀬がなくなった。

「いつかきっと仕返しするわ」

「いいさ。だが、いまは《サナア》の件が先だ。ダオ・リン＝ヘイが待ちきれないでいるだろうから」

「もし彼女が乗っていればね」ミリアムは懐疑的だ。

「乗っているさ。そして、われわれに捕まるんだ。行くぞ」

ウィド・ヘルフリッチはスペース＝ジェットを発進させ、コグ船十隻、カラック船

《ワイゲオ》、スペース＝ジェット《ニオベ》に包囲されたカルタン人の宇宙船に向かった。コマンド全員が乗っているのはコグ船搭載のスペース＝ジェットだ。

スペース＝ジェットは問題なく《サナア》に到着した。カルタン人はPIG船団の優勢を目《ま》のあたりにして、抵抗しない。侵入部隊はカルタン船に乗船すると、ダオ・リン＝ヘイをくまなく探しまわった。ウィド・ヘルフリッチは司令室へ向かい、その場にいたカルタン人たちを問いつめる。

「時間をとるつもりはない。本題に入ろう。ダオ・リン＝ヘイはどこだ？」

カルタン人たちは、まるでなんの話かわからないという表情になった。

「ダオ・リン＝ヘイ？」そのなかのひとりが答えた。「この船には乗っていない。どういう理由でここにいると思ったのか？」

ウィド・ヘルフリッチはとがめるように頭を振った。

「わたしをばかにしているのか？　かんたんにだませると思ったら大間違いだ」

「本当にいない」カルタン人が断言した。

「われわれの足と鼻はふたつのことがいっしょにできるんだぞ」侵入部隊のリーダーはにやりとした。「走りながら、においを嗅《か》ぐこともできる。そしていま、わたしの鼻がなにか怪しいにおいを嗅ぎつけた。どうやら、だれかが急いで立ち去ろうとしているようだ」

ヘルフリッチは司令スタンドから、ニッキ・フリッケルのいるスペース＝ジェット《ニオベ》に連絡をとろうとした。ところが、なにか言葉を口にすることはできなかった。監視ポジトロニクスのシンボルがモニターにあらわれ、その瞬間、小型の一円盤艇が《サナア》からはなれたことがわかったのだ。

「ダオ・リン＝ヘイだな」と、ヘルフリッチは思わず口にした。

モニターの映像が切り替わり、美人だがきつい印象のニッキ・フリッケルの顔がヴィデオ・キューブにあらわれた、

「ダオ・リン＝ヘイが《サナア》から逃亡した」と、ウィド・ヘルフリッチ。「くそ、われわれから逃げおおせると思っているのか」

「逃げたのはダオ・リン＝ヘイなのね」

「そうだ。確信している」

「またやられたわ。わたしが《ニオベ》で追跡する」ＰＩＧの向こう見ずな女チーフはいった。「逃がすものですか」

ヘルフリッチが探知スクリーンを見ると、《ニオベ》はすでに船団をはなれ、急発進していた。

＊

女テフローダーのポエル・アルカウンがＰＩＧの一員となったのは、《サナア》とダオ・リン＝ヘイの事件が起こる一年前のことだ。そのとき、彼女は西アフリカのバーサにある科学研究センターに滞在していた。

センターの女性医師カレン・オーリーは、着色ガラスごしにポエルを観察していた。ポエルはラボのひとつで〝盗聴能力〟の実験準備をしている。ポエルの前にはパラ露のしずくがひと粒あった。パラ露を手にとるだけで、ポエルは自分の能力を発揮することができる。

「ためらっているのね」と、カレン。「パラ露を手にするだけで、その不安に打ち勝てるのよ」

「わかっているわ。だけど、わたしのなかのなにかがブロックしているの」

医師の黒い目は底なしの深さに見えた。ポエルはその目から視線をはずすことができない。瞳のなかに同情と理解だけでなく、自分を支えてくれる力を感じた。

「なにが起こったか忘れることができないのよ」そういって、うしろにもたれかかった。

「あきらめないで」と、カレン・オーリー。「やってみないとわからないわ」

ポエル・アルカウンは立ちあがると、窓に向かって歩いていき、熱帯の花が咲き乱れる庭を眺めた。池には数羽の水鳥が泳ぎ、木陰では一頭のチーターがまどろんでいる。

「あきらめたりしない」女テフローダーは断言した。背が高く細身で、顔つきも若々しい。黒髪をおかっぱにしている。

ポエルは超心理学を学んでいたときに、自分の潜在的プシ能力を発見した。それが思い違いでないと確信したときは、うれしさで目眩《めまい》がした。輝かしい未来が開けたのだと思ったから。ひろい宇宙に飛びだして、未知の惑星や種族に出会うことを、子供のころから夢みていたのだ。その夢が叶《かな》うチャンスは、プシ能力があるとわかるまではほとんどないに等しかった。ところがある日、偶然以上のなにものでもないとはいえ、大勢の志願者たちをさしおいて、ホーマー・G・アダムスと出会うことになる。アダムスとは短時間、月並みな話をしただけだったが、その後ジュリアン・ティフラーから面接に呼ばれた。彼女は学業を中断してGOIのメンバーとなり、パラテンサーになるための訓練を受けたのだった。

最初はすべて希望どおりに進み、なんの問題もなかった。だが、そこに彼女の期待を打ち砕く出来ごとが生じたのだ。

「もう一度フィルムを見る？」と、医師が訊いた。

「いいえ、けっこうよ。見返してなんになるの？」

カレン・オーリーは答えず、患者を観察した。少々太りぎみのカレンは揺るがぬ自信を持った女性で、ターバンのような布を頭に巻いて髪をかくしていた。

「手を出して」と、医師。ポエルは無言で右手をさしだした。カレン・オーリーはその手をとると、両手でゆっくりと何度も裏返して見ている。

「もう大丈夫ね。傷痕はまったくのこっていないわ」

「この種のやけどは、昔なら傷痕がのこったと聞いたわ。ま、千年ぐらい前の話だけど」ポエルの口調は皮肉っぽい。

「そうね。でも、目に見えない傷痕もあるわ」

「心の傷かな」

「わかっているのね」

ポエルは手を引っこめた。

「わたしは兵士ではないの」と、〝潜在的盗聴能力者〟はいう。「過去にそうだったこともないし、これからも絶対ならない」

「なる必要もないし、あなたにそんなことを要求する者もいない。だけど、まずは自分の問題と向き合うこと。ずっと逃げまわるわけにもいかないのよ」

「そんなつもりはないわ」

「それなら、デスクにもどってパラ露を手にとって、実験をはじめて」

ポエル・アルカウンは唇をきゅっと結ぶと、若々しい顔をこわばらせた。目を閉じはしたものの、意識は実験に集中していない。自分のプシ能力を最大限に集中させ、数粒のパラ露の力を借りたときに、起こることについて考えている。

感覚がひろがっていく。かつて盗聴能力を使ったとき、媒体によっては相手の話が聞こえるだけでなく、目の前にいるようにはっきり見えたこともあった。あれほどうまくいったことはなかった。だが、そのあと予想だにしなかった出来ごとが起こり、気を失って倒れたのだった。

ふいに激痛が右手を襲い、彼女を実験から引きはなした。ポエルは恐ろしさで驚愕しながら、自分の手が不気味な炎につつまれるのを見ていた。そこで突然、ひらめいた。プシオン性の実験に集中するあまり、人体自然発火現象が生じたのだと。

炎は出た瞬間に消え、痛みだけがのこった。右手全体をやけどしていた。だが、この経験から、限度を超えてプシ能力を使うと右手どころか、からだ全体に重度のやけどを負いかねないと悟った。〝シンダー・ウーマン〟の幻……つまり、燃えて黒焦《こ》げになった女が炎の剣に切り刻まれるヴィジョン……が見え、このまま実験をくりかえせば人体自然発火現象が起こると恐れた。それだけではない。命を脅かす不気味な炎が、盗聴相手にも襲いかかるのではと不安だった。

人体自然発火現象の影響が自分だけでなく他人も殺しかねないという恐怖で、それ以後はふたたび実験しようという気になれなかった。プシ能力を持つことはたんなる幸運ではなく、責任感をともなうのだと痛感したのだ。

だから、彼女はいまも躊躇している。

かつては手の痛みで集中力をそがれ、実験が中断することになった。もう一度ああなるのか？　あるいは、発火作用が強烈でエネルギーが膨大になり、もう実験をやめることも、自分を救うこともできなくなるのでは？

「わたしがあなたに、自分自身を燃やしてしまうようなことを強制すると思うの？」

医師の言葉を聞いて、ポエルはうろたえたように彼女を見た。

「いいえ、違うわ。そうじゃない。不安なの。炎があなたを襲うかもしれず、わたしには炎を消す力がないかもしれない。わたし、殺人者になりたくない」

カレン・オーリーはなだめるようにほほえみかけた。

「そんなことにはならないわ、ポエル。だいたい、殺人というのは故意に殺すことよ。あなたの場合はそうじゃない。それに、危険になったらわたしがいつでも実験を中断できる。まさかの場合には、ただあなたにパラライザーを使えばいいのだから」

「問題がそれだけでないことはご存じでしょう。わたしは内なる心の抵抗を、不安を乗りこえる必要があるのよ」

「たしかに。〝三角座銀河・盗聴拠点〟作戦に参加するつもりなら、負担がまったくない状態で能力を使わないとね。そうすれば炎現象をうまくあつかえる。炎をコントロールして、自分の意志で制御できるようになれるかもしれない」

「そんなこと、信じられない。それだけは無理よ」

ポエルは心を閉ざして考えこむと、ラボのなかを行ったりきたりした。はじめて耳にしたときから魅了された、カルタン人種族のことを考える。この種族を長いあいだ研究対象にしてきたが、集中してとりくむほどに親近感がわいたのだった。このネコ型種族がパラ露泥棒と見なされたときでさえ、ポエルは猛烈な熱心さでカルタン人を擁護したもの。カルタン人のふるまいについて、何度も弁明し説明してきた。この数年、かれらがおとなしくなったと知ってほっとしていたし、好感度もさらに高まった。

ポエルはカルタン人を盗聴したいと思っている。かれらをよりよく理解するために、もっとくわしく知りたかった。だから〝三角座銀河・盗聴拠点〟作戦に参加し、自分のプシ能力を最高の条件で提供することは、ポエルにとってはとてもだいじなことなのだ。たったひとりのカルタン人でも、けがさせたり死なせたりするのは避けたかった。

この数日、何度か驚いて眠りからさめたことがあった。夢のなかで、赤々と燃える炎につつまれるカルタン人を見たからだ。

「わたしをだまそうとするのはやめて」と、ポエル。

「わたしがあなたを？」

「ええ、そうよ。わたしにパラライザーを使うぐらいじゃおさまらないと、あなただってご存じでしょう。そんなことでプシ能力は消せないわ」

「そのとおりよ。それができると考えたこともない」

「じゃ、なにか起こったらどうやってとめるつもりなの？」

「麻酔注射をするのよ。それなら問題ないでしょう」

ポエル・アルカウンはしばらく考えこんでいたが、やがてうなずいた。

「そうね。それならうまくいくでしょう」ポエルは気をとりなおし、準備をはじめた。医師にというより、自分にいいきかせる。「決断が必要だわ。自分の能力といま向き合うか、それとも否定しつづけるか」

ポエルは恥ずかしそうにほほえんだ。

「残念ながら、カレン、あなたのいうとおりみたい。ただ、だれも傷つかないといいんだけど」

ポエルはテーブルにもどってすわり、わずかに逡巡《しゅんじゅん》したあと、決心したようにパラ露を手にした。彼女の腕の横に、カレン・オーリーが麻酔薬を満たした高圧注射器を置くと、ポエルは目を閉じた。

「わたしはカルタン人を盗聴したい」と、いう。「かれらがなにをしているのか知りたいの」

2

女性医師カレン・オーリーと話し合ってから数週間が過ぎたNGZ四四五年五月、ポエル・アルカウンはPIG要員のフリージト・ボーガンとともに、ハンザ商館ろ座からわずか七十光年ほどはなれた惑星カークァミーに着陸していた。ふたりの乗っていたスペース＝ジェットのエンジンが故障したのだ。反重力装置を使って、広大な森林区域のまんなか、ジャングルの藪から突きでた岩のたいらになったところへ、ジェットを運びおろした。

「最悪だな」マシンが停止すると、フリージト・ボーガンは悪態をついた。「こんなことまで起こるとはね。商館までたかだか七十光年なのに、どうしてたどりつけない？」

ポエルはいくつかの分析結果を確認し、防護服なしで外へ出られると判断した。

フリージト・ボーガンは見くだすような目で彼女を見た。

「スペース＝ジェットをはなれるとだれがいった？　通信で助けを呼び、ロボットに修理をさせたら、数時間でここからおさらばできる。それで一件落着だ」

フリージトは、額がせまく顎が張りだしていて、がっしりした大男だ。グリーンの目は濃い眉に埋もれかけていた。動きはやや鈍重で、前に突きでた両肩から腕を垂らし、重いからだを支えるのが限界だとばかりに脚が曲がっている。

「それともなにか、この荒れ地できみと数日、アダムとイヴを演じろとでも？　ここへは遊びにきたわけじゃないんだよ、お嬢ちゃん。われわれの任務は、至急ハンザ商館ろ座に行くことだ」

「あら、そうだったの？　あなたがいい男すぎて、近くにいるとどうしていいかわからなくて。ごめんなさいね。気持ちを引き締めるわ」

フリージトはにやりと笑った。

「わかるよ、その気にさせて悪かったな、お嬢ちゃん。でも、きみはちょっとやせすぎで、わたしの好みじゃないんだ。だれでもかれでもお相手するわけにはいかないからな」

フリージト・ボーガンにこんなことをいわれても、ポエル・アルカウンは冷静でおちついていた。本来なら平手打ちを食わせるところだが。

「あなたって謙虚な人ね。感動したわ」

ポエルは皮肉めかしてそういうと、通信機器を指さした。

「通信連絡をお願いできる、フリージト？　それとも、あなたにはやはり荷が重すぎるかしら?」

フリージトはまるで彼女の声など耳に入らないようにふるまった。無言で彼女の横を通り、トイレへ向かう。ポエルには目もくれないようすだ。

腹をたてたポエルはシートにもどった。かれの仕事を肩がわりするつもりはない。フリージト・ボーガンに上司づらされるなど、もってのほかだ。ふたりの地位は同じで、役割分担も平等にするのが当然だろう。だが、フリージトは自分が指揮をとり、ポエルをしたがわせようとしている。

やっかいで、いやな相手だ。高圧的になったと思うと、すぐにまた柔和で御しやすい男にもどる。まったく人をよせつけないときもあり、そうなるとポエルのいうことなど聞いていない。遠い視線になって、ポエルがなにをいっても突っぱねる。会話など、なりたちようもない。まったく聞く耳を持たないと感じて、ポエルが話を途中で切りあげることが何度もあった。

反対に、自分から話しかけてくるときもある。そんなときは、いくつか質問してポエルのことを知りたそうにするのだが、すぐまた自分の話にもどり、おもしろおかしい人生のエピソードを語り聞かせた。話は楽しく、笑いすぎて涙が出ることもあったけれど、その快活さはたいてい長つづきしない。会話を深めて、かれのことをもうすこし聞こうとすると、口を閉ざし、うつろな目になるのだ。ポエルがそばにいることさえ忘れているように。

フリージト・ボーガンはなかなかもどってこない。

ポエルは両手を見つめて考えた。

どうすればいい？　助けを呼ばないと。商館と連絡をとるのは、早ければ早いほどいい。

通信機器のスイッチを入れたが、画面がオンになったモニターはひとつだけ。しかも、故障マークが表示されている。

ポエル・アルカウンは冷静でおちついていた。故障なんてしょっちゅうのこと。たいていすぐに直るし、修理はポジトロニクスの仕事だ。こっちは待っていればいいだけ。

数分後、シグナル音がして、ポジトロニクスが自己修理は無理だと告げた。

「どうしたの？」ポエルはうろたえた。「そんなこと、ありえない」

「複数のシステムが故障しました」ポジトロニクスが説明した。「このような極端なケースでは、なにもできません。ご自分で修理願います」

ポエルはひととおり機器を点検し、エンジンや通信機器以外にもいくつも故障があることがわかってショックを受けた。このスペース＝ジェットの搭載機器で正常なものはほとんどない。再スタートするには大規模な修理作業が必要だ。それが自分にできるのか、ポエルは疑わしかった。

彼女はポジトロニクスに照会し、すべての問題点と故障個所をリストアップさせることにした。

「どうしたんだ？」ポエルが驚いて振り向くと、フリージト・ボーガンがもどっていた。

「この機はまるでスクラップよ。墜落せずに着陸できたのは奇蹟だと思う」

ポエルは先ほどの機器点検リストをしめしながら、損傷の範囲を説明した。フリージトがひどい悪態をつく。それは無遠慮で過激で、非情な男が聞いてもショックを受けるほどの内容だった。

「もうわかったから」ポエルがそういっても、フリージトは黙って計器を凝視していた。

「あなたもこれですっきりしたでしょう。で、どうする？」

「まずは、この惑星にだれかいないか調べよう。われわれを助けてくれるような原住生命体がいるとは思えないが、あらゆる手をつくすんだ」

「つまり、わたしに盗聴しろと？」

フリージトの目は輝きを失い、その視線はポエルを通り抜けた。彼女がいることを忘れてしまったかのようだ。ポエルはなにかいいかけたが、フリージトのようすを見てあきらめた。腹だたしい思いで司令コクピットを出ると、エアロックを抜けて、ジャングルのなかへ入っていく。未知の生気にあふれた世界の雑多な物音と、嗅いだことのないにおいが押しよせてきた。とてつもなく刺激的だ。三十メートルほどはなれた原生林の緑のなか、炎のように真っ赤な花がこちらを向いた。驚いたことに、花がポエルの存在を感じとって観察しているのだ。

その場に数分とどまって周囲を見わたし、危険がないかたしかめると、ポエルはパラテンサーとしておのれのプシ能力に集中した。安全な容器に入れてポケットに忍ばせておいたパラ露をひと粒、握りしめる。意識が開かれたと思うと、突然、精神が解きはなたれたように感じた。無数の思考と感覚がこちらへ襲いかかってくる。最初のうちは、それを区別して半知性体が発するオーラを押しのけるのにてこずったが、やがてカルタン人数人の思考をはっきりとらえられた。

まさにそのとき、ポエルは驚いて盗聴を中断することになった。

「どうした？」と、フリージト・ボーガンが声をかけたのだ。気づかれないよう、背後から近づいて。

「どうした？　どうした、ですって？」ポエルは声を荒らげた。「ほかになにかいうことはないの？」

「どうした？」かれは確固とした冷静さでくりかえした。その目には奇妙な光がきらめいている。「きみ、頭がおかしいんじゃないか？」

「あなたって本当にいらいらするわ」

「こっちこそずっと前からそうさ。そもそも、女ごときにこんな重大任務をまかせること自体が間違っている」

「おやおや、それって最低でも千年前の考えね」

「つまりだ。きみはこの美しい惑星でカルタン人を発見した」

ポエルはあっけにとられた。

「どうしてそれを知っているの？」

「まさしく女にありがちな質問だな。きみみたいなネコ好きが有頂天《うちょうてん》になっているんだ、顔に書いてあるよ」

ポエル・アルカウンはお手あげの表情でフリージトを見つめた。なんでもお見通しなのだ。人のことを思ったより注意深く観察している。わざと〝女ごとき〟などといってわたしを傷つけようとしたのだろうか？　男を見さげる言葉を返しそうになったが、自制した。

「いいわ」と、返事をする。「そのとおりよ。カルタン人を見つけたわ。かれらもこの惑星にいる。ここに原住知性体はいないようよ」

「ほう」

「それはどういう意味？　なにをたくらんでいるの？」

フリージトの目が空虚になり、輝きを失った。かれの視線はふたたびポエルを通りすぎている。

「ああ、なるほど」と、ポエル。「わかったわ。ジェットがまだ修理できるかどうか、たしかめようというのね。それが無理なら、複合銃を持ちだして、必要なものをカルタン人から力ずくで奪うつもりでしょう。必要とあれば、殺してでも」

責めたてても、フリージトには通じない。この大男は彼女の言葉など聞いていないようだ。

「どうしたらあなたとうまくやれるのか、皆目《かいもく》わからない」ポエルは声を荒らげた。

「向こうずねを蹴っ飛ばしてやりたいけど、なにも感じないわね、たぶん」

「わたしにかまうな。なにもたくらんでなんかいない」

「あら、そうなの」ポエルはほほえんだ。「そういう人だったの？　女どときといっしょに行動するもんかってことね」

「違うよ。女はいいんだ。だが、きみのような女とはね。いらいらするし、口が達者で、男みたいな髪型もかわいくない」

ポエル・アルカウンは開いた口がふさがらなかった。驚きのあまり、文字どおり息をのむ。ひと呼吸おいて猛烈に抗議したが、適当なところで気をとりなおし、無言で踵《きびす》を返すと、スペース＝ジェットにもどった。フリージト・ボーガンと議論して自分の立場をはっきりさせたところで、疲れるだけだ。

司令コクピットにもどったときにはかなり冷静になっていた。フリージト・ボーガンが搭載機器を使ってジェットを点検するようすを見ていたが、やがて重大な故障の原因が見つかった。大男は修理をはじめた。

ポエルはシートにすわり、リラックスしてパラ露のしずくを握ると、目を閉じてカルタン人に集中した。

*

「またか?」と、惑星カークファミー基地の指揮官セイルタローンが嘆いた。右手を前に突きだし、かみそりの刃のように鋭い爪を立てた。「これ以上パラ露を盗まないよう、一度やつらを痛い目にあわせてやらないとな」

かれは惑星地下にあるブンカーのドアを急いで通り抜け、外へ出た。はじめは明るく輝く恒星がまぶしかったが、目が慣れてくると、イヌに似た半知性体の群れがふたつに分かれて平原を逃げていくのが見えた。

「一発食らわしてやれ」と、セイルタローン。「それも、強烈に。二度と忘れないよう、思い知らせてやるのだ」

副官のゴイトマがこの命令をほかのカルタン人に伝えると、追撃のため、戦闘グライダー四機が発進した。

セイルタローンは絹のようにつややかな髭《ひげ》を手の甲でなでると、ゴイトマに目配せした。追撃部隊がきれいさっぱり問題をとりのぞくことを確信している。

「あれらの半知性体がパラ露をなんだと思っているのかは、神のみぞ知る」と、いった。

「おそらく、とても美しく見えるので大好きなのだろう。いずれにせよ、実際に使うわけではない」

指揮官セイルタローンは堂々たる外見だった。たいていのカルタン人よりも小柄だが、肩幅は極端にひろい。カルタン人には額から頸筋まで毛皮に銀色の縞《しま》があるが、かれの場合は遺伝なのか、縞の色は真っ赤だ。そんな見た目の特徴で、ほかの者と容易に区別がつく。それ以外にも、大儀そうな歩き方や大きな黄色い目、話しながら文章の途中でひと息入れるという変わった呼吸法をし、奇妙なアクセントをつけて話すことなど、きわめて個性的な男だった。かれがこの呼吸法をわざとやっていることに、ゴイトマは気づいていた。それで聴衆を魅了できるのだ。とくに、かれのことをよく知らない者たちは、次の言葉を待ちきれずにかれの唇に釘づけになる。聴衆が唇を動かしてセイルタローンの言葉を声を出さずにまねしているのを、ゴイトマは何度も目撃したことがあった。

「今回で十二回めですね、半知性体の襲撃は」と、副官が話しかけた。「これで最後になるといいのですが」

指揮官は揺れる木々から白い制服に降りかかる花粉をはらった。

「だめなら、次は毛皮を剝いで、見せしめにこの木につるしてやろう。いやはや、われわれはパラ露を備蓄するため、ここに貯蔵庫を建設することになった。きみも知ってのとおり、わたしはその事情についてすべてわかっているわけではない。だが、高位女性の望みとあれば実行するのみだ。質問はしない」

かれは副官とふたり、樹木がびっしりと生い茂る区域のはしにある盛り土の上に腰をおろした。そこからはゆるい坂道が山へつづいていて、目の前にある地面はV字形にえぐられている。そのなかにパラ露泥棒が姿を消したのだった。針状に突きでた岩が四十あまり連なって、巨大な生物が防御柵をめぐらしたように見える場所がある。その前を、戦闘グライダーが泥棒を探して飛びかかっていた。

「あれでは見つかるまい」セイルタローンは腹だたしげだ。絹のようにつややかな髭をふたたび手の甲でなでると、やる気満々の笑みを浮かべた。「では、自分たちでやるとするか。ならず者はかならず見つけてやる」

かれの目がきらりと光った。ゴイトマはほほえんだ。セイルタローンはパラ露泥棒を捕らえたいというより自分自身が動きたいのだと、知っていたからだ。

「武器をとってきましょう」そういって立ち去りかけたが、急に棒立ちになり、大きく目を見開いて両手を見つめた。グリーンを帯びた炎が手の甲で揺らめき、毛皮を焦がしている。

叫び声をあげて跳びのいたが、不気味な火を消すことはできない。

ょに地面に倒れこむと、燃えている両手に砂をかけた。炎は消えた。砂でうまく消せたようだ。

「ま、またか」セイルタローンも驚いて、しどろもどろだ。副官に跳びかかり、いっし
ゴイトマは自分の手を見つめながら、うろたえていった。

「これで二回めです。半知性体やパラ露泥棒と関係があるのでしょうか？」

「わたしも知りたいよ！」

セイルタローンはパラ露泥棒の捜索などすっかり忘れた。副官をブンカーに連れていき、やけどの手当てをさせた。

かれは極度の不安に駆られていた。科学的に説明できないことがあると、精神のバランスが崩れてしまうのだ。かれは実務的で単純に考えるカルタン人で、問題が降りかかってきたら、すばやく手間をかけずに解決しようとする。この不可解な現象を勤務日誌にどう書いていいかわからないことが、いちばんの悩みだった。

ゴイトマが医療ロボットの手当てを受けているあいだ、かれは自分の両手を見つめて憂鬱《ゆううつ》になった。

「どう考えればいいのかわからない」セイルタローンの本音が漏れた。「いちばんいいのはここを引きはらって、北極か南極の万年雪のなかに貯蔵庫をつくることかもしれない。だが、パラ露の保管場所を決定する権利はわたしにはない」

「ひょっとすると、些細《ささい》なことかもしれません」と、副官が応じる。「きわめてまれにしか起こらない自然現象ではないでしょうか。深刻に考える必要のないような」

「そうだといいと、わたしも思ったのだが」カルタン人の指揮官は嘆息した。「きっと違うな」

セイルタローンはおちつかないようすで立ちあがり、ドアへ急いだと思うと、立ちどまって振り向いた。

「どうも盗聴されている気がするのだ」

「盗聴？」

「そうだ。われわれを監視している目を見たような気がする。もちろん、ばかげたことだが」

セイルタローンは急いで出ていった。かすかな作動音をたててドアが閉じた。

医療ロボットの治療が終わり、ゴイトマは寝椅子に身を沈めた。

奇妙だ、と、かれは考えた。まさしく上官と同じことを自分も考えていたから。手から炎があがったとき、どこかに顔があるように見えた。見知らぬ、むきだしの顔が。だが、セイルタローンがいったとおり、ばかげたことだ。

3

「どうかした？」深い谷を滑空していたフリージト・ボーガンは、隣りのポエル・アルカウンにそう訊いた。ふたりともセランを着用していたが、ヘルメットは閉めていなかった。

「どうもしないわ」ポエルはつっけんどんに答えた。

「カルタン人のところへ行こうというのが気にいらないのか？」フリージトは鼻で笑った。「お気にいりたちが心配なんだな？　われわれ、かれらのところでジェットの修理に必要なものを調達しないといけない。あればいいが」

ポエルは返事をしなかった。自分の気持ちはフリージト・ボーガンにはどうせ理解できないから。

また、あの恐ろしい現象が起きた。盗聴相手のカルタン人が炎に襲われたのだ。かれは両手にひどいやけどを負ってしまった。すぐに手当てされていたけれど、問題はそこじゃない。ポエルは充分に自分を制御できていたし、自信もあった。それなのに、やはり間違っていたのだ。問題はまだ解決されていなかった。

　次は全身が炎でおおわれるかもしれない、と、ポエルは考えた。そうなったら、助けがきても手遅れで、死んでしまうかもしれない。

「それとも、あのいまいましい炎がまた出たのか？」フリージト・ボーガンは探るようにポエルを見つめた。「気にすることはない。そういうこともあるさ」

「じゃ、あなたは事情を知っているのね？」

「きみはいったい無邪気なのか、それとも無邪気なふりをしているだけか？」フリージトは首を振った。「そんなことができるとは思えないがね。わたしはもちろん責任者として、いっしょに働く仲間の情報は入手している」

「それは考えておくべきだったわ」ポエルは額にかかった前髪をかきあげた。「ま、いいわ。また炎が出て、カルタン人ひとりが両手をやけどしたの。かれら、なにか感づいたと思う。すくなくとも前より用心深くなっている」

「くそ」

「まさにそれよ、わたしがいいたかったのは。長々としゃべったけど、正確に表現すればそういうこと」

　フリージトは目を細めた。

「きみがわたしをからかえるとはね」

「くそ」

フリージトは笑った。

「きみがまともに見えるよ、ポエル。そんなにやせっぽちじゃなくて、近づきやすい感じだったら、わたしのほうも……」

「もうけっこう」と、ポエル。「ご心配にはおよばないわ。あなたをずっとさせたんならよかった。あなたに興味はないの」

「それは、きみがそもそも理想的な男を思い描かないからさ」

かれは速度をあげると、池の上を進んで岩の障壁をこえた。高くそびえる岩塊のあいだで静止し、その先の谷をのぞきこんでようすをうかがった。

ポエル・アルカウンはかれの数メートルうしろにいた。彼女はたしかに〝やせっぽち〟だが、ほっそりしてはいても、スポーツで鍛えられた体形だ。短い髪をフリージトは男みたいだといったけれど、おかっぱ頭は若さがきわだつ個性的な顔にとてもよくにあっていた。

「あそこだ。きみのいったとおりだ。カルタン人の基地がある」

「本当にほかのやり方はないのかな？」ポエルは訊いた。「かれらから修理部品を手に入れるしかないの？　どう見てもこっちの技術のほうが進歩しているけど、使えるものがあるかしら？」

フリージトはもどってくると、まじめな顔でポエルを見た。

「ある部品を手に入れて、それをジェットにとりつけたらすぐに出発する、というわけにはいかない。むしろ、手に入れた部品を必要に合わせてつくりかえ、応急処置に使うしかないだろう。思いどおりになるかどうかもわからない。だが、ほかに方法はないんだ」かれはにやりと笑った。「うまくいかなかったら、この惑星でわれわれふたり、ロビンソン・クルーソーごっこだな。男のわたしが魅力を感じるまで、きみをふっくら太らせよう。そうしたら楽しくすごせる」

「とんでもないわ。その逆よ。わたしが〝こんないやな男〟と思わなくなるまで、あなたにダイエットでやせてもらうわ」

「そんなことをするくらいなら、なにがなんでもジェットを修理する」

「で、どうやるの？」

かれの目が無表情になった。視線はポエルを通りこしている。また、話しかけてもむだなときがやってきた。彼女はこの惑星でひとりぼっちになった気がした。

「きみはここにいてくれ」フリージトは数分考えこんでいたが、やがていった。「ここで待って、もしわたしが失敗したら、救出してほしい。わたしのことも盗聴できるだろう。ただし、尻にだけは火をつけないでくれよな」

フリージトはすこし間をおいて、彼女の反応を待った。ポエルがなにもいわないのでつづけた。

「では、もう一度カルタン人のようすを探ってくれ。いまなにをしているのか知りたい」

彼女は黙ってパラ露をひと粒握りしめ、セイルタローンとその部下たちに意識を集中した。数秒後、彼女はへなへなとくずおれ、自力では立てなかった。だが、すぐに身を起こすと、おびえたようにフリージト・ボーガンを見た。

「かれら、武器を撃ってるわ」

「なんだって？」フリージトは驚いて叫んだ。「だれに？」

かれはポエルといっしょに岩の障壁の向こうまで移動すると、カルタン人の谷をうかがった。ななめ前方に戦闘グライダー二機が低空で飛んでいる。その搭載砲から光をはなつエネルギー・ビームが放射され、地面を引き裂いた。

「どういうことだ？」フリージト・ボーガンが不安そうに訊いた。「なんのために？」

フリージトはポエルの腕をつかんだ。

「さ、やれ。かれらを盗聴するんだ。この攻撃がどういう意味か知りたい」

ポエルはいわれるままに盗聴した。基地の前でなにが起こっているのかはすぐにわかった。

「下のどこかに半知性体がいる」ポエルは興奮ぎみに報告した。「カルタン人のパラ露を盗んだのよ。それも一度や二度じゃなく、何度も」

「ははん。それで、駆除の最中というわけか」

「それは絶対に違うわ」と、ポエル。彼女は心底から動揺していた。カルタン人が半知性体をどうあつかうかはよく知っている。「カルタン人は、かれらを追いはらいたいだけ。そして、パラ露を盗んではならないと思い知らせたいだけよ。思いきった手段を使わないと、半知性体には伝わらないから」

「半知性体は理解できないのか?」

「そうよ。カルタン人はこれまで、パラ露に触れてはいけないことをあの手この手、友好的な手段でわからせようとしてきたんだけど、うまくいかなかった」

「それで攻撃をはじめたんだな」

「最後の手段よ」

「そうともいえるな」と、フリージト・ボーガン。かれは勢いよく耳をほじった。「ま、どっちでもいいが。だいたい、この状況はよろこぶべきなんだ。いまがチャンスだぞ。きみの友が無力な半知性体をウルトラ武器で撃ちまくっているあいだに、必要な部品の調達といこう」

　フリージトはヘルメットを閉じると、セランのポジトロニクスに谷へ向かうよう命じた。岩のあいだを抜けて飛んでいき、やがて、ポエルの目からは見えなくなった。

ポエルはひとりになってうれしかった。カルタン人のことで精神のバランスを崩していたから。フリージト・ボーガンのいうとおりだったのではないのか？　カルタン人は手段の選択を誤ったのだろうか？

「違う」ポエルはひとりごちた。「かれらには、ほかに方法がなかった。それが問題なのよ！　半知性体はなにも理解できない。遠慮や配慮をしたところで、それは弱さだと解釈するだけ。カルタン人は充分すぎるほど長いあいだ寛大だった。持てる力を見せつけ、半知性体を追いはらうときがきたのよ。そうするほかに、だいじなパラ露を守る方法はないのでは？」

何度か深呼吸すると、すっかり元気になった。

偶然に見つかってしまう危険を避けて、岩のあいだに入りこむ。姿をかくしたままでも谷がよく見わたせた。

フリージト・ボーガンはなかなか帰ってこない。刻一刻と時は過ぎ、なにひとつ起こらなかった。そうこうするうちに、カルタン人たちは谷からいなくなった。半知性体を基地からできるだけ遠ざけておくために、帰ったのだ。ポエルは飛翔マシンが一機、また一機と基地のほうへ消えるのを見ていた。

ここでようやく、ポエルは自分の特別な能力である〝盗聴〟を使う決心をした。もちろん、またあの不気味な炎が生じて、自分にも跳ね返ってくるのではないかと心配だったけれど。人体自然発火への恐れが拭《ぬぐ》いきれないことは自覚している。いまだにシンダー・ウーマンの幻に苦しみ、かつて聞いた話のことを考えずにはいられなかった。超心理学者による症例報告のなかには、若い女が突然、炎につつまれたという原因不明の例も数件あった。現在ではいくつかの関連性が見いだされ、人体自然発火の原因はプシオン性作用の派生現象だと考えられている。つまり、超心理能力を持つ女がその力を使っている最中に、プシオン・ネットの見えない糸に触れると、人体自然発火が起こるということなのだろうか？

たんなる推測よ、と、ポエルはその考えをはねのけた。フリージト・ボーガンに集中しなければ。いまだいじなことはそれだけ。かれには助けが必要だから。さ、はじめよう。

ポエルはパラ露をひと粒握りしめた。目を閉じると、小柄だが肩幅が並はずれてひろい一カルタン人が目の前に見えた。額の縞は銀色ではなく、赤だ。白い制服につけられた黒いシンボルは、この基地の指揮官であることをしめしていた。

フリージト・ボーガンは金属製のシートにすわらされ、鈍く光るエネルギー枷《かせ》で拘束されていた。額と頬にはミミズ腫れがあり、血がにじんでいる。カルタン人に殴られたにちがいない。

ポエルはグリーンを帯びた炎が生じる前に、急いで盗聴を中止した。自分の頬をつかみ、なでる。そのときはじめて、自分がやけどした感覚があることに気づいた。頬を触ってたしかめたが、どこが痛むのかわからなかった。

「まぬけなやつね、捕まるなんて」

さっき起きたことを考えながら、自分のミスに気づいた。不安のあまり、中断するのが早すぎたのだ。

炎が出るのを待つべきだったのよ、と、自分を叱る。それでフリージトに合図できたかもしれない。カルタン人を盗聴したからあなたの居場所はわかったと、フリージトに教えてもよかった。

もう一度テレパシー能力を全開にすると、すぐにがっしりした指揮官が見えた。フリージト・ボーガンの状況は変わっていない。拘束されたままで、カルタン人に温情のあるようすはなかった。

ポエルが集中力を増すと、カルタン人の腕から突然、グリーンの炎があがった。指揮官は驚いてあとずさりし、フリージト・ボーガンはまるで自分が炎をコントロールしているかのように、高らかに笑った。

「用心するんだな」と、フリージト・ボーガンが叫ぶ。ポエルはかれの考えを読んだ。

〝やろうと思えば、あんたの頸に炎の輪をかけることだってできるぞ〟

カルタン人は驚きをかくせず、フリージトからさらにはなれた。

〝いいぞ、ポエル〟と、フリージト・ボーガン。〝これで充分だ〟

彼女は制御できなくなる前に炎現象を引っこめることができて、ほっとした。

フリージトが自信満々で動じることなくおちついているので、ポエルは感心した。縛られて、カルタン人の手に落ちているにもかかわらず、ちっとも不安になっていない。

そうだ、と、気がついた。そのうちカルタン人は、わたしたちがこの惑星に着陸させた宇宙船を探しにくるにちがいない。ポエルはセランのポジトロニクスに、自分をスペース＝ジェットにもどすよう命じた。もどるとすぐに、蔓植物や背の高い植物を集め、機をおおいかくした。植物を傷つけないよう、牽引ビームを使って慎重に作業した。最初のグライダーがやってきたとき、スペース＝ジェットは植物におおわれていた。それにくわえて、かんたんに探知されないよう、ポジトロン手段で防御してある。

ポエルはとりあえずほっとしたが、いつまでものんびりしていられない。早くフリージトを解放しなければ。問題はただひとつ、逃げるときに、カルタン人のところにあるかもしれない修理部品を盗んでこなければならないことだ。力ずくで奪いとるのは避けたかった。カルタン人には親しみを感じていたので、武器を向ける気になれないのだ。

こうなったら、策をめぐらすしかない。

ひとつだけ、たしかなことがある。カルタン人はフリージト・ボーガンを絶対に解放しないだろう。秘密基地の存在を暴露される恐れがあるからだ。かれらはフリージトを捕虜にするか、記憶を消すか……あるいは、殺すかもしれない。ポエルがフリージトを逃がしたら、かれらはどこまでも追いかけてきて容赦しないだろう。問題は、スペース＝ジェットを修理する時間がどれくらいあるかだ。

フリージト・ボーガンとくらべたら、ポエルの技術知識ははるかに劣っていたが、ジェットを修理できるくらいの教育は受けている。フリージトより時間がかかるというだけだ。とはいっても、ふたりの差は歴然としていた。フリージトなら一時間ほどですませる修理でも、ポエルは一日がかりだから。

ポエルはいままでにない苦境に立たされていた。一方では、一刻も早くフリージト・ボーガンを解放しなければならない。また一方では、修理にも時間をかけなくてはならない。そもそも、修理を終えないと逃走できないのだ。

フリージトがどこまで修理を終えたのかを確認し、未修理の脆弱個所を特定していった。このやり方で、必要な部品が手に入りしだい修理を終えられる状態まで準備をととのえる。とはいえ、必要な部品を本当にカルタン人が持っているのか、その部品がどんなかたちをしているのか、それさえ不明だった。

この作業にまる二日かかった。ときおり、フリージト・ボーガンのようすを盗聴でたしかめる。カルタン人は拷問こそしなかったが、フリージトを手荒にあつかって、かれが耐えられる限界近くまで圧力をかけていた。ポエルには、かれがそう長くは持たないように思えた。

フリージトが監禁されて三日め、ポエルは一時間ほど眠ったあとで、ふいに自分のすべきことを知った。カルタン人の捜索部隊がスペース＝ジェットの上空を飛んでいるあいだに、搭載ポジトロニクスの助けを使って大規模な偽装工作を実行するのだ。ジェットのあちこちからこぶし大の反重力ユニットを二十個集めてくると、ポジトロニクスを使ってプログラミングした。それと同時に、テラのスペース＝ジェットのホログラムも用意した。セランに着替えて機をあとにすると、めざすはカルタン人の基地だ。

ポエルはパラ露貯蔵庫の周囲に保安包囲網がめぐらされていると予想していたが、見当違いだった。カルタン人は、フリージト・ボーガンが大部隊の一員ではなく、たったひとりでこの惑星にやってきたと考えているらしい。地下ブンカー施設の入口は、箱形ロボット二体が見張っているだけだった。カルタン人はひとりも見あたらない。だが、ポエルはその特殊能力で、基地内にいる全員をかんたんに見つけだした。

ロボットに気づかれることなく、入口から五十メートルほどのところまで接近すると、ホログラムをそなえた反重力ユニットに命令を出して偽装工作を開始した。

こぶし大の反重力ユニットは上昇すると、間隔をひろくあけて連なり、基地に近づいた。ポエルがホログラムに保存しておいたデータを投影させせると、スペース＝ジェット二十機が基地に接近してくるように見える。

カルタン人がこれらの〝スペース＝ジェット〟を探知するかもしれないという心配はない。かれらのモニターには、せいぜい点のように見える物体がうつるだけだと、ポエルは考えていた。ネコ型種族は以前から、テラの宇宙船の対探知技術がすぐれていると知っている。だから、そもそもなにかが探知できたというだけで、よろこんでいることだろう。

二十機の偽装円盤艇が音をたてて基地をかすめると、警報サイレンが鳴りひびいた。外へ走りでたカルタン人たちは、五百メートルほど先の突きでた岩の下にかくしてある宇宙船へ向かった。

これでもう、スペース＝ジェットのプロジェクションのことは忘れていい。なにもしなくても、準備したプログラミングは勝手に終了するからだ。カルタン人もこちらの計算どおりに動くだろう。かれらは挑発に乗り、突然あらわれた敵を追いはらおうとしている。

カルタン人の船が出発すると、ポエルは監視ロボット二体を狙い撃ちして、基地に侵入した。

彼女は戦士ではない。だから、カルタン人を撃たなくてすむよう心から願った。かれらにパラライザーを向けることすら抵抗がある。

ポエルはテレパシーに似た感覚を使って方向を探っていき、カルタン人の居場所を探しだした。まだ十人ほどのこっているが、いまやフリージト・ボーガンのことを気にとめている者は皆無《かいむ》だ。それでも、フリージトのところへすぐには行かない。この数時間、フリージトとカルタン人を何度も盗聴したので、必要な交換部品がどのあたりにあるのかわかっていた。それに、ポエルは運もよかった。必要なものがすべてそろっている部屋を見つけたのだ。金属製の箱を見つけてそのなかに部品をぜんぶ入れ、そこにこぶし大の反重力ユニットを固定した。こうすれば手で持たなくてすむ。それから、掠奪品を目の前に浮遊させた。

だれにも気づかれずに、フリージト・ボーガンが拘束されている部屋まできた。ここにはカルタン人が二名いることも、テレパシー感覚で確認ずみだ。ネコ生物二名はドア前にすわっていた。

ポエルに決断のときがきた。もう力ずくでいくしかない。

だが、躊躇した。

頭のなかをさまざまな考えがめぐった。本当にほかに方法はないのだろうか？　カルタン人たちも、遅くともこの出来ごとが起こったあと、フリージト・ボーガンに仲間がいることに気づいたはずでは？　わたしたちが乗ってきた宇宙船を、総力をあげて探しだすのではないか？

どうにかして見張り二名を追いはらいたかったが、無理だった。というわけで、ついにポエルは飛びだして、パラライザーを撃った。二名はポエルに気づいて立ちあがりかけたが、麻痺してくずおれた。

ポエルは二名をまたいでドアを開けた。

「こりゃ驚いた」フリージト・ボーガンがうめいた。「もうこないだろうとすっかりあきらめていたよ。きょうのために三日間、鏡の前で化粧していたとみえる」

かれの目は腫れあがり、ミミズ腫れから流れた血が頬を伝っていた。右眉の上にはカルタン人の鉤爪にやられた傷口がぱっくり開いている。かれらが冷静さを失ってフリージトをきびしく尋問したのは明らかだった。

「いや、化粧をしたようには見えないな」フリージトはつづけた。「ちくしょう。いったい、いままでなにをしていたんだ？」

「賃金契約で合意ずみの労働条件を守っただけよ」ポエルは怒っている。「残業時間がたまっていたから、埋め合わせしたの。つまり、ぐっすり寝たってわけ」

「三日間もか」フリージトはうめくような声でそういうと、縛られたからだをもどかしげに動かした。「そんなことができるのは女だけだ」

ポエルはクロノグラフを見た。

「本当いうと、まだ残業ぶんはたっぷりのこっているの」クールに冷静に、ポエルは説明した。「わたしがいまきたことがお気に召さないなら、帰るわ。またこんどね」

「きみらしい言いぐさだな」

「あなたこそ鼻持ちならない男よ」

「それなら、きみはおしゃべり女だ。さ、早く拘束を解いてくれ」

「まだよ」

フリージトは目をむいた。

「なんだと?」

「まだだめよ。まずは、わたしのいうことをよく聞いて」

「頭がおかしくなったのか? 助けだすための時間が永遠にあるとでも?」

「いいえ。むしろ、持ち時間は秒単位よ」

「だったら、なにをぐずぐずしている?」フリージトは縛られたからだを動かそうとした。顔色が青白くなり、眉の上の傷が開いて血が流れでた。

「拘束を解いたら最後、わたしの話なんて聞かずに自分の思いどおりにするでしょう。そうはさせたくないのよ」

フリージトはいぶかしそうに彼女を見つめた。

「いったいなにがいいたいんだ?」

「必要な交換部品はすべて手に入れたわ。これですくなくとも仮修理はできると思う。カルタン人は、わたしがつくった疑似物体を追いかけて、ほぼ全員が基地から出ていった。でも、そう長くはだませない。だから、時間がないの。すぐにジェットにもどらないと」

「それはできない。カルタン人に思い知らせてやるんだ。二度と忘れないよう、痛い目にあわせる。それから……」

「じゃ、そのままそこにすわっていて。ここまでばかとは思わなかったわ。だれが解いてやるもんですか」

「そういうおかしな考えは女にしか思いつけないな。だいたい、その男並みに短い髪型の頭のなかはどうなっているんだ？　真空なのか？」

ポエルは踵を返すと、ドアに向かった。彼女が出ていって、フリージトはやっと本気だと悟り、大声で名前を呼んだ。

「あら、どうしたの？」

「わかった。いうとおりにする」平静をよそおいながら、声はうわずっている。「できるだけ早くここを出よう」

ポエルはもどって、エネルギー枷を解いてやった。フリージトは勢いよく立ちあがると、こういった。

「女に屈辱を受けたのははじめてだ。おぼえてろよ、このお返しはきっとするからな」

「どうぞご自由に！」ポエルはさっさと外へ出ると、交換部品の入った箱のほうへ急いだ。フリージト・ボーガンもつづいた。かれは、麻痺して倒れているカルタン人二名を一瞥《いちべつ》すると、その武器をとりあげた。カルタン人を蹴飛ばしたいのはやまやまだったが、思いとどまる。いうとおりにしないと、かくし技でポエルに処罰されるかもしれない。小声でののしりながら、いっしょに基地から逃げだした。

フリージト・ボーガンは、ポエルがカルタン人から掠奪してきたものを見て驚いた。修理に必要な部品はすべてそろっている。だが、それを彼女に伝えようと、ひと言ふた言いったところで、とめられた。

ポエル・アルカウンは笑って、気にもとめなかった。そんなこと、いわれなくていい。その言葉で自己の力を証明したり、自信を築いたりすることはできないから。

4

ＮＧＺ四四六年一月になると、ポエル・アルカウンは惑星ニストロイドモで活動を開始した。彼女は依然としてＰＩＧに属しており、若いマレリア・アッパーツリーブレイカーを指導する任務を負っていた。マレリアはブロンドで青い目、やや角張ったひろい額を持つ十七歳の少女で、盗聴能力者としての才能を見いだされている。それも、かなり強烈な才能だ。だから、まだ彼女ひとりでやらせるわけにはいかなかった。

「だいたい、どうしてこの惑星なの？」マレリアはポエル・アルカウンといっしょに、岩の上で砕け散る波の音を聞いていた。ふたりは人目につかぬ場所にあるＰＩＧ基地から一キロメートルほどはなれたところにいる。海からくる暖かい風がふたりの顔に吹きつけていた。背後では枯れた背の高い草が、風が吹くたびにざわざわと揺れている。

若い女ふたりは安心していた。惑星ニストロイドモには、彼女たちに襲いかかるような大型で危険な動物はいなかったから。

「ニストロイドモはろ座銀河の辺縁にあるから」と、ポエル・アルカウン。「ハンザ商館から故郷銀河へ飛ぶ宇宙船は、ここをいわば通りすぎるだけ。それに、カルタン人はこの惑星を避けている。なぜだか理由はわからないけれど」

「カルタン人には秘密があるのよ」と、マレリア・アッパーツリーブレイカー。

ポエルは額にかかった前髪をかきあげて、ほほえんだ。

「そうね、かれらには秘密がたくさんあるわ。わたしたちはかれらのことを知らなさすぎる」

「ポエル、あなたがそんなことをいうなんて。あんなにかれらと関わりがあるのに？」

「たぶん、だからこそよ、マレリア。たしかにわたしはカルタン人を熟知しているわ。でも、本当に重要なことはかくされている。たとえば、カルタン人が三角座銀河のことをなんと呼んでいるかさえ知らない。かれら独自のＭ－３３の呼び名がきっとあるはずだけどね」

「アルドゥスタアルよ」と、少女が左手の指先で下唇をつつきながら答えた。ポエルはもの問いたげに彼女を見つめた。自分の疑問に答えが返ってきたのが意外だとでもいうように。

「アルドゥスタアル？　それはあなたが考えた名前？」

「もちろん違うわ。わたしがたまに盗聴に成功するのを知っているでしょう。あなたと同じように。けさ、それができたの。何人かのカルタン人を盗聴した。かれらは宇宙船に乗っていて、アルドゥスタアルのことだけでなく、サヤアロンのことも話していた。サヤアロンは〝はるかなる星雲〟というような意味かな。たぶん、わたしたちの故郷銀河のことだと思う」

「そのとおりよ」と、ポエル。「その言葉はわたしもかれらから聞いたことがある」

「じゃ、ラオ＝シンも知ってる？　力の集合体エスタルトゥのことよ。わたしの理解が正しければ、ラオ＝シンの意味は〝約束の地〟。それは聞いたことある？」

ポエル・アルカウンは額にしわをよせた。マレリア・アッパーツリーブレイカーがまた下唇をつつこうとすると、ポエルはその手をつかんだ。

「ええ、あるわ。カルタン人がエスタルトゥを約束の地だと思っていることも知ってる。でも、わたしがいいたいのはそれじゃない。マレリア、わたしはあなたのことが心配よ」

「わたしのことが？」青い目が無邪気にポエルを見つめた。少女にはポエルがなにをいっているのかまったく理解できていないようだ。「どうして？」

「わかっているはずよ」

「いいえ、本当にわからないわ、ポエル。この基地は安全じゃないってこと？　カルタン人が襲ってくるの？」

「ええ、そうなのよ！　きっとやってくる。カルタン人は恐ろしく危険よ。それに、とても賢いの。遅かれ早かれ、この基地はかれらに見つかる。かれらを押しとどめることはできない。でも、わたしがいいたいのはそのことじゃない」

「では、なんのことをいっているの？」

「ひとりのときには盗聴しないようにと、あれほど注意したでしょう」

「でも、どうしてだめなの、ポエル？　だめな理由を教えて！」

「理由は何度も説明したけど、あなたのそのかわいらしい頭には入らなかったようね。ひとりで盗聴するのは危険よ」

マレリア・アッパーツリーブレイカーはポエルの手を振りほどくと、両手を草の上について支えにし、からだをもたせかけた。彼女が頭を振ると、風でブロンドの髪が乱された。

「ポエル、わたしはもう何度も盗聴をためしたの。成功したときもあったし、成果がなかったときもあった。でも、危険なことなんて一度もなかった。カルタン人はまったく気づいていなかったわ」

「そういうことじゃないの。気がつかなかった？　炎が出ることがあるの。わたしは何度も経験したけど、自分が突然、炎につつまれるのよ。でも、そうなることがわかっていたので、わたしは心がまえはしていた。炎が出たらすぐに盗聴をストップして、炎を消した。もしそれがあなたに起こったら、驚いて手遅れになるか、対応を失敗しかねないわ」

「ところで、〝アルドゥスタアルの声〟ってなにか知ってる?」と、マレリアが訊いた。

「カルタン人はときどき、たんに〝声〟と呼んでいるけど」

「マレリア、わたしのいうことを聞いてちょうだい」

「〝声〟は高位女性たちが受けとるインパルスよ。〝声〟が彼女たちに命令をあたえるの」

「マレリア、やめなさい。話をそらさないで」

「じゃ、〝声〟がどういうものなのか興味ないっていうの? なぜ〝声〟が高位女性たちに命令をあたえるのかも? 〝声〟がカルタン人の政府より上位にいることはどう?」

ポエル・アルカウンは姿勢を正した。

「わたしはあなたに対して責任があるのよ、マレリア。それに、あなたのことがとても好きだから、なにかあったら大変。だから、もう一度いうわ。わたしがそばにいないときに、絶対に盗聴してはだめ」

マレリア・アッパーツリーブレイカーも姿勢を正し、興奮ぎみにポエルを見た。

「わからないの? わたしはカルタン最大の秘密の手がかりをつかんだ。あなたは心配しすぎよ」

「それには理由があるのよ。わたしたちはあなたの能力をトレーニングしに、ニストロイドドモへきた。わたしの任務はあなたを優秀で高い力を持った盗聴能力者にすること。

ＰＩＧはそういう能力を持ったメンバーを必要としている。だから、アルドゥスタアルやサヤアロンについてではなく、あなたの自制心のなさについて話し合いましょう。あなたが任務をはたし、わたしの指示に厳密にしたがうことを望むわ」

「もし、したがわなかったら？」

「その場合は、すぐに地球にもどることになる」

マレリアはびっくりしてポエルを見つめた。意欲的で活発な少女は、輸送艦《ファーガション》で生まれ、地球で暮らしたのは寄宿学校に通っていたほんの数年だけ。地球にはいい思い出がほとんどなく、未知の惑星に行きたいという気持ちが強かった。できるかぎり多くの有人惑星に行ってみたい、なにがあっても地球にはもどりたくないと思っていた。けれども、マレリアは未成年だった。保護責任者はポエルだから、彼女を地球へ送り返すこともできるのだ。

「わたしを信用していいわ」と、マレリア。「あなたのいうとおりにするから。たとえ盗聴するのが危険な行為だと思っていなくても」

「いい子ね」と、ポエルはほめた。「では、パラテンサー訓練をつづけましょう、マレリア」

＊

ポエル・アルカウンはうめき声をあげた。炎にかこまれている。どちらを向いても、あたりいちめん炎につつまれ、燃えあがっていた。脚は鉛のように重く、ほとんど動かせない。はげしい不安が襲ってきて叫ぼうとしたが、だれかに口をふさがれたようで、叫べなかった。ようやく叫び声をあげたところで、目がさめた。ベッドの上で起きあがったが、自分がどこにいるのか、恐ろしい火災は現実だったのかどうか、しばらくわからなかった。もう一度ベッドに横になる。だが、どこかでアラームが鳴っているのを聞いて、またあわてて飛び起きた。

急いで服を着ると、ちいさな居住ユニットをあとにした。通廊でPIGの女チーフであるニッキ・フリッケルと出くわした。

「なにがあったのですか、ニッキ?」ポエルが呼びかけた。

「カルタン人の搭載艇よ。われわれを発見したらしいわ」

ニッキは大急ぎで行ってしまった。肩ごしになにか叫んでいたが、ポエルはうわの空だった。マレリア・アッパーツリーブレイカーの心配をしていたからだ……そして、さっき見た炎のことも。

マレリアになにか起こったのだろうか?

すぐに少女の居住ユニットへ向かう。部屋の前まできたとき、ドアが開いてマレリアが出てきた。頰は燃えるように赤く、青い目は興奮と冒険心できらめいていた。

「まちがいない。偶然だいじなことを聞いてしまったの」と、マレリア。「何人かのカルタン人がアルドゥスタアルの〝声〟のことを考えていた。〝声〟が高位女性たちに命令をあたえたにちがいないわ」

「またひとりで盗聴したのね、わたしがそばにいないときに」ポエルは怒っていた。

「でもポエル、チャンスは一度しかなかったのよ。カルタン人がいまここに、外にいる。わたしたちのすぐ近くに。知らなかった?」

「いいえ、知っているわ」

ポエルはもう行くと少女に告げて、PIGの司令本部に走った。本部にはあらゆる情報が集められ、整理されている。そこにいたのはニッキ・フリッケルだけだった。度胸が人一倍のニッキは、PIGが集めた情報を保存してあるフォリオをまとめていた。

「この基地を放棄しなければならないかもしれない」と、ニッキ。「だけど、われわれが必死で集めたものをカルタン人にわたすわけにはいかないわ」

「基地をあっさり手ばなすのですか?」ポエルは動揺をかくせない。

PIGの女チーフはほほえんだ。

「チェスと同じよ。ひとつの駒を犠牲にして、敵のだいじな駒を無力化する」

ニッキがポエルを見る目は真剣だった。

「あなたの任務は、このカルタン人部隊がそういう重要な駒かどうかを調べること。さ、盗聴して！」

「高位女性のひとりがそばにいるなら、わたしが見つけてみせます」と、ポエルは約束した。彼女は隣りの部屋に引っこんで、パラ露をひとつ手にとると、精神を集中した。次の瞬間には、数人のカルタン人と接触し、一宇宙船の司令室をのぞきこんでいた。カルタン人の声が聞こえ、かれらが不安に駆られていることがわかる。かれらはこの惑星にテラナーの基地があると推測していたが、まだ証拠をつかんではいない。ひとりのカルタン人が宇宙船《サナア》と、そこに乗っている要人について発言していた。

ポエル・アルカウンはその発言者のほうを向き、どういう要人か知ろうとしたが、そのとき突然、発言者と自分のあいだに炎があがった。奇妙なことに、彼女はまったく熱を感じない。それでも、驚いて一瞬たじろいだ。

情報センターの隣室にひとりでいる彼女は、まったくやけどしていない。手の感覚はいつもどおりだし、部屋が燃えたようなにおいもしない。

「思い違いだったのかしら」と、当惑してひとりごちる。「すべて正常ね。もっと冷静にならないと。そうすれば、もうこんなことは起こらない」

もう一度カルタン人のほうを向くと、また炎が見えて、こんどは同時に叫び声が聞こえた。

驚いて身をすくめたあと、すぐに通廊へ走りでた。あわてふためいて基地内を駆けぬけ、マレリア・アッパーツリーブレイカーのいる居住ユニットへ向かう。ニッキ・フリッケルがあとを追いかけて質問しようとしたが、ポエルはそれどころではない。マレリアの部屋までくると、ドアを勢いよく開ける。ぎょっとして、うしろへよろめいた。

「なんてひどい……どうして、こんなことに？」遅れてきたニッキ・フリッケルも言葉を詰まらせた。

ふたりの前の床には、焼け焦げたマレリア・アッパーツリーブレイカーの遺体があった。そのまわりで、ときおりちいさな炎がゆらめいている。

ポエル・アルカウンは脚を引きずるようにしてインターカムのところへ行き、医療ロボットを呼びだした。もう手遅れだとわかっていたが。

「なぜ、こんなことが起こったの？」ニッキ・フリッケルは顔面蒼白だ。若い少女の死は、彼女の心の奥深くを揺り動かすほど大きなショックだったろう。「だれかに撃たれたにちがいない」

「ばかな」と、ポエル。「そんなこと、ありえないとわかっているでしょう」

「では、なぜ燃えたの？」

「これは人体自然発火現象なんです。炎が自然に発生して、燃えてしまうの。もちろん自分の意志じゃありません。さまざまな種類のプシオン・エネルギーが衝突を起こし、制御できない状態になるのが原因です。そのせいで、マレリアはシンダー・ウーマンになってしまった」

「炭化した女ね」

医療ロボットが数体やってきてマレリアをとりかこんだが、ふたりが思っていたとおり、ほどなくして手遅れだと告げた。

「脳がすでに死んでいます」と、一ロボット。「熱にやられたのです」

「似たようなことが前にもあったわ」ニッキ・フリッケルは記憶をたどるように耳たぶをいじった。「あれはラークタックスで任務中だったときよ……」

「お願いですから、いつもの冒険話はあとにしてください」と、ポエルがたのんだ。

「そんな話をいま聞きたくないので。わたしはマレリアに警告したんです。わたしがいないときに盗聴しないようにと、何度も何度も。わたしがそばにいれば、なにかあったときは助けられるから、と。でも、彼女はわたしのいうことなど聞いてくれなかった」

ニッキ・フリッケルは腕組みした。

「わたしがこの事件を調査しなければならないってことはわかってるわね。それまでにカルタン人にやられていなければの話だけれど」

「もちろん、この事件はあなたが調査するべきです」と、盗聴能力者。「でも、満足のいく結果にはならないでしょう。マレリアは自分の身の丈以上の力をあつかいきれず、わたしの警告も聞き流しました。無理もないと思います。だって、ほかのプシオン活動では、こんなこと起こったことがないから」

　彼女は心細そうにニッキ・フリッケルを見て、感じた。ＰＩＧの女チーフは、この事件について独自の考えを持っているようだと。

「もしや、だれかがマレリアを殺すためにこの状況を利用したと思っているんじゃないでしょうね？」と、訊く。

「否定はできないわ、ポエル。これが人体自然発火現象だという、科学的に裏づけられた証拠が得られるまでは、だれかがマレリアを撃ったという前提で考えなければ。そうじゃないと、周囲の焼け方も説明がつかないでしょう？」

「人体自然発火現象を科学的に裏づける証拠がないことを、あなたはよくご存じのはずです」

「司法調査で、マレリアが炎につつまれた原因はすぐにでも明るみに出るでしょう。だれかが彼女を撃ったのなら、それは疑いの余地なく立証される。何年か前、わたしが《ハーモニー》の乗船中に体験した事件だけど、高圧管の破裂で火災になって、若い男がひとり亡《な》くなったの。どう見ても事故だった。でも、かれが数名の女性乗員と親密な関係にあったことが判明して。どういう意味かわかる？　ひとりじゃなくて同時に何人もとよ。そりゃ、まわりの怒りを買うわよね。それで、ある男が……」

「ええ、ええ。もう充分です、ニッキ。ぜんぶを話す必要はありません。よくわかりましたから。どうぞご自由に、気がすむまで調査してください。マレリアが人体自然発火現象の犠牲になったのではないとわかったら、わたしには朗報です」

警笛が鳴りやんだ。インターカムから女性の心地よい声がして、カルタン人が引きあげたこと、八千キロメートルはなれた一大陸に着陸したことを告げた。どうやら、カルタン人たちはこの基地に気づいていないようだ。

翌日、ニッキ・フリッケルがポエルのところにやってきて、マレリアの医学的検死結果を知らせた。ポエルはオフィスでコンピュータの前にすわり、入ってきた情報を処理していた。

「この結果は、マレリアが人体自然発火現象の犠牲になったとしか考えられないわね」と、ニッキ。「いずれにせよ、この司法検査では武器を使って襲撃されたという証拠は見つからなかった。だれも彼女を撃っていない。それに、ガスや可燃性の液体を使ってだれかが放火したという徴候もなかった」

「そうだと思っていました」と、ポエル。「発火の原因はなんでしたか?」

「それについては相《あ》いかわらず推測の域を出ない。確認できたのは、マレリアがパラ露を使っていたこと。最大限に集中して接触を試みたのね。その過程でおそらくプシオン・エネルギーが彼女に襲いかかって、火がついた」

ポエルはうつむいて、作業台の上の組んだ両手を見つめた。

「みんなとても動揺して、不安に駆られているわ」と、ニッキ・フリッケルはつづけた。「この状況では、もうほかの盗聴能力者を投入することはできない。彼女たちも燃えてしまうんじゃないかと、みんなが恐れている」

「わたしはもうずっと前から恐れています」と、ポエル。

「自然発火現象の原因を突きとめてみせるわ」ニッキ・フリッケルは約束した。いつもはあれほど向こう見ずなニッキが、いまはひかえめな印象をあたえていた。

「まるで、カルタン人に反撃されたような気分ですね」と、ポエル。「でも、かれらに殺すつもりがなかったのはたしかです。盗聴されることに抵抗したんでしょう。もしかしたら、かれらがプシオン力の流れを逆向きにしたから、自然発火したのかもしれません」

「それはありえるわね」ニッキ・フリッケルもうなずいた。「だとしたら、盗聴がこちらに向けられる凶器となる。それをカルタン人が使った」

「でも、故意でないことはたしかです」ポエルはカルタン人をかばった。「かれらはこの武器とその効果については、まったく知りません」

「そりゃそうよ」ＰＩＧの女チーフは皮肉な口調でいった。「カルタン人は天真爛漫な子羊だもの」

5

ＮＧＺ四四六年三月三十一日、ＰＩＧ所属のコグ船《アラムブリスタ》はハンザ商館ろ座を出発し、二百二十五万光年彼方の三角座銀河にあるＰＩＧ基地ラムダ・カーソルをめざしていた。コグ船にはテフローダーのインテル・プラーグ船長のもと、乗員十二名のほかに、パラテンサー四名……ガム・ホア、エリス・メインヒン、テイパー・オタール、ゲン・テンテン……が乗っている。それから、ポエル・アルカウンとアフロテラナーの超心理学者サグレス・ゼゴムもいた。

「もう一度やってみよう」宇宙船が出発したとき、サグレス・ゼゴムがポエルにいった。「わたしはきみがもうすぐ前みたいに力を出せると信じているよ」

ふたりはほんものの布張り家具が置かれた、豪華な内装のキャビンにいた。壁にはエネルギー・フィールドで支えられた棚があり、専門書が数百冊ならんでいる。

ポエルは一度にこれほど多くの本を見たことがなかった。コンピュータに蓄えられた知識を手軽に使うのではなく、本から知識を得る人がいることに当惑した。サグレス・

ゼゴムは、個性的で古風な男という印象だ。小柄で、左肩がすこしさがっているせいか、いつもおじぎをして謝っているように見える。それに、わざとゆっくり言葉を強調しながら話すくせがあった。そのさい、相手のことはあまり見ていない。目の前のデスクに置かれた本に話しかけているだけのように見えることも多かった。そのかれが、話を中断すると、ポエルに鋭い視線を向けてきた。まるで、自分の発言に対する彼女の意見を待っているとばかりに。

その態度をポエルはいぶかしんだが、やがて腹がたってきた。カレン・オーリーとの会話はあんなに心地よかったのに、と、つい思いだしてしまう。

「われわれは三角座銀河・盗聴拠点の強化に全力をあげなければならない。そしてきみは、もっともたいせつな切り札だ」

「いまは違うわ」と、ポエル。「マレリア・アッパーツリーブレイカーが死んでからは、もうそうじゃない」

「自分がマレリアの二の舞になるのを恐れているんだな。それは当然だ、わかるよ」

「何度もためしたけど、だめだった。使うパラ露の量も以前より増やしたのに。わたしはパラテンサーではないわ。もうおしまい。能力を失ったのよ」

「きみが失ったのは自信だよ」と、サグレスは訂正した。「そこにはとても大きな違いがある。わたしの任務はきみに自信をとりもどさせることなんだ」

「わたしはあきらめたの。もう無意味だわ」

「それじゃ、きみは二度とカルタン人の情報を得られない。マレリアがいったことの真相を知りたくないのか？　アルドゥスタアルの〝声〟について、きみはなにを知っている？　ラオ＝シン・プロジェクトとはなんだ？」

「多少のことは知っていると思うわ。もちろん満足な答えではないけれど」

「ちょっとした実験からはじめよう」と、サグレス・ゼゴムは提案した。「《アラムブリスタ》には、きみのほかにパラテンサーが四名いる。ガム・ホア、エリス・メインヒン、テイパー・オタール、ゲン・テンテンだ」

「名前を聞いたことはあるけど、どの乗員も知り合いじゃないわ」

「かれらはたんなる乗員じゃない」と、超心理学者。「盗聴能力者としての能力を使い、きみに四名を観察してほしいんだ。かれらについてわかったことを報告してくれ。ここから数メートルしかはなれていないんだから、問題ないだろう。きみが望むならいつでも実験を中断できる」

「だめよ。何度もいったとおり、わたしは能力を失ったんだから」

「パラテンサー四名は、きみを助けるよう指示を受けている」

「そんなことをしても役にたたないわ」

サグレス・ゼゴムは彼女を鋭い視線で見つめた。その黒い目には、ある種の脅しがあった。

「三角座銀河・盗聴拠点の責任者は、この作戦にとってきみが重要なパーソナリティだと考えている」サグレスは核心に触れてきた。「重要情報を入手するというこの計画において、きみが決定的な役割をはたすとさえいえるかもしれない。自分で決断するんだ。PIGの任務を全力ではたすか、それとも、われわれの足手まといにならないよう退職するか」

ポエル・アルカウンは驚いてサグレスを見た。ショックだった。これほどストレートな表現は予想していなかった。

「まるで強情な少女をさとすみたいないい方ね」

「そのとおりだから」

「わたし、不安なのよ。わかってもらえないかしら？　あなたはマレリアの焼けた姿を見ていない。でも、わたしは見た。いまもこの目に焼きついているの」

「だれもきみにできないことを無理強いしてはいない」

「いいえ、している」

「そんな、とんでもない。すこし勇気を出してほしいといっているだけだ。危険なポイントまで、ゆっくり手探りで近づけばいい。そうすれば、手遅れになる前に撤退できる」サグレスは懇願するように相手を見つめた。「ポエル、カルタン人の秘密を解明するには、われわれ全員がその能力を発揮しなければならない。戦うんだ！　勇気を出して戦え！　マレリアはなんのために自分を犠牲にしたんだ？　彼女の死をむだにしてはならない。そうなるかどうかは、きみしだいなんだ」

「やるだけやってみるわ」

「よし。では、乗船しているパラテンサー四人に意識を集中し、盗聴するんだ。どんなようすだか描写してみてくれ。いますぐにだ」

ポエル・アルカウンはシートにもたれて目を閉じた。宇宙空間の黒い虚無が見えた気がした。どこか無限に遠いところで、恒星が赤く燃えている。だが彼女は、この空間が空虚で生物がいないとは感じなかった。謎に満ちた生物を見つけられると思ったし、宇宙の深淵からやってきて全力で力の集合体エスタルトゥに向かう、ネコ型種族の頭部が幻のように見えた気がした。

なぜその宙域へがむしゃらに突進するのか、かれら自身も知らないようだ。その背後には、かれらを駆りたて、くりかえし動機づけている勢力がいるはず。どんな勢力なのだろう？　どんな動機なのだろう？

これらの疑問に答えを見つけた者はまだいない。三角座銀河・盗聴拠点は、技術の粋を集めて設置されたものだ。銀河系の知性体種族によって、カルタン人を盗聴するのに適したあらゆる資材が提供された。だが、ポエルの知るかぎり、この計画の成果はきわめて乏しかった。当のカルタン人でさえ、かれらの指導者である高位女性たちが、なぜよりによっておとめ座銀河団をめざし、入植惑星を開拓するのか、わかっていないのだから。かれらはこれが自分たちのただひとつの使命だと確信し、だれひとりそのことに疑問をいだいていない。

「聞かせてくれ」サグレス・ゼゴムがポエルを急《せ》かした。

突然、ポエルの目の前にパラテンサー四人が見えた。男ふたり、女ふたりだ。

「ガム・ホアは小柄な男ね。つり目、四角い額。黒髪を短く刈りこみ、ちいさい手をたえず動かしている。不安そう。ほかの人からすこしはなれて、着ている服をいじりまわしている」

「かれはどんなことを考えている？」

「思考は読めないわ」

「できるはずだ。がんばってみろ」

「かれはわたしのことを、たいして勇敢じゃないと思っている。臆病者だと。気にいらないわね」

「ほかにだれがいる？」

「エリス・メインヒン。赤毛のとても活発な女性。ほかの人とおしゃべりして、冗談もいっている。かかとの高いブーツを履いて、背を高く見せている。体重に悩みがあるというふりをしているけど、実際ダイエットしたりはしていない。楽しい人ね。気にいったわ」

「きみのことを考えているか?」

「ええ、でも、なにかのついでに思いだすぐらい。わたしのことはそれほど深刻に考えていない。すぐにもとにもどると思っている」

「テイパー・オタールはどうだ?」

「細身でグレイヘアの女性。不機嫌な顔をしているわ。壁にもたれて腕組みし、ほかの人たちのことを子供じみていると考えている。うわべだけの人間ががまんできないのね。自分にも他者にも規律を要求する……自己を犠牲にしてでも。みんなから嫌われてると思いこんで、失望している。だから心を閉ざしているの。笑いものにされるのが恐いのね」

「で、きみのことをどう思っている?」

ポエルは投げやりな笑みを浮かべた。

「わたしのことは、しつけのなっていない女の子だと思ってるわ。耳をきつく引っ張って懲《こ》らしめないとだめだと」

「上出来だ。では、ゲン・テンテンはどうだ」

ポエルはぎくっとした。

「おやまあ、かれは火食い術のマジシャンみたいね。身長は百五十センチもなく、頭はつるっぱげよ。自分の背が低いことにコンプレックスがある。でも、不安は感じていない。このなかでは、だれよりも過激な人物ね。自分だったら武力でカルタン人を地獄へ突き落とすのに、と思っているわ。かれには理解できないのよ。わたしたちが技術ではカルタン人よりはるかに優位にあるのに、こぶしでデスクをたたくこともせず、相手にあまりに配慮しているものだから」

「きみのことはどう思っている？」

「なんにもわかっていないおろか者ですって。自分にまかせたら、殴りつけていうことを聞かせるのに、と思っている」

ポエルは伏せていた目をあげて身を起こした。その頬は真っ赤になっていた。

「わたしに、かれらとなにをしろっていうの？」ポエルは憤慨して訊いた。「とくに、ゲン・テンテンと？　わたしからしたら、かれは頭がおかしいわ。いっしょに働くなんて想像もつかない」

「そんなこと、だれもきみに要求していない」

「違うの？」パラテンサーはあっけにとられて心理学者を見つめた。

「違うよ、ポエル。この四名はまったくべつの理由で乗船しているんだ」

ポエルはわけがわからなくなった。わかりきっていることをうっかり見逃したらしい。

パラテンサー四人をもう一度盗聴するかわりに、サグレス・ゼゴムの説明を待つことにした。

「では、どうしてかれらはここにいるの？」

「そんなこと、きみならかんたんにわかるだろう」

ポエルはもう一度、男女四人に意識を集中した。

「かれらは自然発火能力者ね。そう呼んでいいのかしら？　火をつくりだせる。自分の意志だけで」

「物質を自然発火させられるんだ」と、超心理学者。「そして、自然発火を防止することもできる」

「防止する……」ポエルは目からうろこが落ちる思いがした。「つまり、かれらはわたしを保護するためにここにいるということ！　カルタン人を盗聴するときに、わたしがやけどしないよう守ってくれるのね！」

「やっとわかってくれたね」サグレス・ゼゴムはほほえんだ。「さっき、熱くなかったことに気がつかなかったか？　なんの危険も感じなかったことも？」

ポエル・アルカウンは心の重荷が消えたと感じた。

「もうすぐ次の実験をやる予定だ」と、サグレス。「きみは絶対にカルタン人を盗聴できるし、すばらしい結果を出すと信じている」

サグレス・ゼゴムはハッチへ向かった。ポエルは話し合いが終わったのだと思った。
「よければ一度、きみを防護する者たちと話すといい」かれはクロノグラフを見た。
「ラムダ・カーソルに着くまでに、まだすこし時間があるから」
「考えてみるわ」そういうと、ポエルはキャビンを出ていった。だが、彼女の頭にあるのはパラテンサー四人のことではなく、最高にうまくカムフラージュされたPIG基地のことだった。

ラムダ・カーソルがかくされているのは、とある彗星群に属する一彗星の核のなかだ。ポエルが知るかぎり、彗星の頭部は直径が五キロメートルほど。核の直径は一キロメートル弱で、高密度の金属塊からできている。PIG基地は氷冠内にあり、おもな要員は十二名。格納庫は三つで、それぞれコグ船を格納できるサイズだ。

ポエルは、彗星カーソルが八惑星を持つある星系を通りぬけることを思いだした。惑星のうち三つには、カルタン人のヴィルン家が定住している。彗星は現在、彗星群の大半とともに、八惑星の軌道の向こう側、遠日点付近にあった。

ラムダ・カーソルは絶好の観察機会をあたえてくれる。基地にいながらカルタン人たちのごく近くを通るので、じっくり盗聴できるということ。おそらく、ほかのどんな基地でもこれほどの見通しは得られない。パラテンサー四名が援護するのなら、ポエルが炎につつまれる恐れもない。

ポエル・アルカウンは司令室に入った。そこにはインテル・プラーグ船長しかいなかった。テフローダーの男は口髭を生やし、すこし歯《は》が前に出ている。九十四歳と聞いていたが、三十歳ぐらいにしか見えない。いつも姿勢を正し、どんな動きも力強くエネルギッシュだ。一瞬たりともとまることなく、つねになにかしようとしている。かれがしずかにリラックスしてシートにすわっているところなど、ポエルは見たことがなかった。休養する必要がないかのように、たいてい司令スタンドのシートのうしろに立ったまま、そこから《アラムブリスタ》を指揮していた。

「きみが興味を持ちそうな情報がある」と、プラーグ。「PIG船団がカルタン人の《サナア》を捕まえた。たったいま、ウィド・ヘルフリッチがカルタン人乗員の尋問をはじめたと連絡が入ったところだ」

「そんなばかな」ポエルは声を荒らげた。「《サナア》については攻撃しないよう、ニッキ・フリッケルに何度も警告しました。庇護者ダオ・リン＝ヘイが乗船していると思われるからです。なぜわたしの警告が無視されたのでしょう？」

「ニッキ・フリッケルはカルタン人の反撃など覚悟のうえだ。われわれのリスクはそう高くないと考えたのだろう」

《アラムブリスタ》が亜光速まで減速すると、スクリーンに多数の彗星群があらわれた。彗星はみな同じ方向に、ほぼ同じ速度で動いていた。

されただ二十隻の円盤をさししめした。

「ここにカルタン人がいる」と、プラーグ。かれは探知スクリーンにはっきりうつしだされた二十隻の円盤をさししめした。「ネコ生物の戦闘艦だろう」

「かれらはラムダ・カーソルを攻撃するわ」ポエルがそういうと、円盤艦から閃光が生じ、PIG基地の防御バリアが光りはじめた。

大きな衝撃が連続し、宇宙船が振動した。

「われわれも反撃だ」と、船長。ただちに自席についた。まだハーネスを締め終える前に、ほかの乗員が司令室にきて作業をはじめた。カルタン人の最初の砲撃から間をおかず、《アラムブリスタ》が反撃を開始した。

ポエル・アルカウンはシートにすわってハーネスを締めた。ほかにはなにもできなかった。いま起きていることには影響をあたえられないので、ただ観察するだけだ。

円盤艦七隻が《アラムブリスタ》を包囲して撃ちはじめた。ほかのカルタン人はラムダ・カーソルに集中し、絶え間なく基地を攻撃してくる。そのせいで、彗星の頭部から飛び散った物質が渦巻いていた。インテル・プラーグは、ニッキ・フリッケル指揮下のPIG船団に、カルタン人の攻撃を知らせた。かれの冷静で感情を排した分析結果は、この状況が《アラムブリスタ》にとってもラムダ・カーソルにとっても絶望的だとしめしている。ポエルも同感だ。カルタン人ははるかに優勢だった。

プラーグはカルタン人を全力で攻撃し、ラムダ・カーソルから気をそらせようとしたが、むだだった。

「敵の数が多すぎる」プラーグは苦しげにいった。「援軍がこなければ終わりだ」

ラムダ・カーソルの要員たちも同じ意見だった。かれらはカルタン人にシグナルを送り、降伏すると伝えた。その直後、ニッキ・フリッケルから連絡が入った。ラムダ・カーソルと《アラムブリスタ》への援軍はまにあわないという。

「この状況では、ここから消えたほうがよさそうだ」と、インテル・プラーグ。「基地の要員たちになにもしてやれない」

宇宙船がはげしく揺れた。すくなくとも四隻の戦闘艦による絶え間ない砲撃にさらされている。しばらくは持ちこたえられるが、計器は防御バリアが限界にきたことをしめしていた。さらに負荷が高まれば、《アラムブリスタ》は危機にさらされる。

ニッキ・フリッケルが再度、連絡してきた。

「《サナア》から一円盤艇が逃亡した。わたしが《ニオベ》で追跡する。ダオ・リン＝ヘイが乗っていると思われるから。いま必要なのはパラテンサーよ。だれか、これを聞いたパラテンサーがいたら、すぐにきて」

つづいて、コースデータがいくつか送られてきた。

「これ以上ここでぐずぐずしていてもしかたありません」ポエルは船長に呼びかけた。「ここから脱出して、庇護者の追跡を手伝いましょう。逃げたのが本当にダオ・リン＝

へイなら、きわめて重要な情報が得られる一度きりのチャンスです」

インテル・プラーグは戦闘宙域をはなれられるのでほっとしていた。《アラムブリスタ》を加速させ、彗星の頭部をかすめながら行きすぎる……そのさい、カルタン人の円盤艦を何度か砲撃するのを忘れなかった。

＊

「ラムダ・カーソルの要員たちを見捨てた気がしてならないの」と、ポエル・アルカウン。「わたしたち、とどまったほうがよかったのかしら」

「そうは思わない」と、サグレス・ゼゴム。本のページをめくりながら、作業デスクをはさんで向かい側に若い女がすわっていることも気にとめていないようだ。「それは検証可能だ。しかも、そのさい同時に重要なテストも実施できる」

かれは本を閉じると、鋭い目つきでポエルを見た。額にしわをよせ、口を開いている。その顔には奇妙な緊張があった。自分の考えていることを相手が理解したとわかるような答えを待っているのだ。

「わたしにラムダ・カーソルの要員を盗聴して、かれらが降伏後にどうなったかたしかめろというのね。そのさいは、例の四人が援護するから。そういうこと？」

「そうだ」サグレス・ゼゴムはシートにもたれた。まるで、ポエルが難問を解決してすっかり安心したというようすだ。こういうとき、ポエルは言葉どおりには受けとれない。彼女の答えは相手にお見通しではないか。すくなくとも、ゼゴムはポエルがそう提案するのを待っていたのだ。

「わかったわ。わたしも基地がどんなようすか知りたいし」

「そういってくれると思ったよ。四人の防護者について、前もってきみに教えておいてよかった。かれらの準備はできている。あとはきみしだいだ。パラ露もここにある。きみがいいなら、すぐにはじめられる」

「了解よ」

サグレス・ゼゴムは立ちあがった。唇にかすかなほほえみが浮かび、危機が去ったことを確信しているようだ。

ポエルが隣室を盗聴してみると、ゼゴムのいったとおりだった。ガム・ホア、エリス・メインヒン、テイパー・オタール、ゲン・テンテンがそこにいた。信頼できるうしろ盾を得て、ポエルは持てる能力をぞんぶんに発揮した。広大な宇宙空間を手探りし、その無限さに一度はひるんだけれど、さらに遠くまで捜索の手をひろげていく。すると突然、ラムダ・カーソル基地が彗星から飛びだして目の前にあらわれた。うれしくなってつい集中力がとぎれ、一瞬、基地が見えなくなったが、すぐに意識をもどして基地内へ入っていく。男女要員の姿がすぐ目の前にあった。

「全員、ぶじよ」ポエルの声がサグレス・ゼゴムにとどいた。かれは隣りにいて、聞きもらすまいと、彼女のほうにすこし身をかがめるようにしていた。「カルタン人の手に落ちないよう、基地の設備のほとんどを破壊しているけど」

「カルタン人はそこにいるのか？　それとも要員たちだけか？」

「カルタン人七名に見張られている。でも、危害はくわえられていない。自分たちは間違っていないと確信しているわ。降参しなければ全員殺されていた、と。ラムダ・カーソルはどっちみちだめだったみたい。星系内の惑星からカルタン人の戦闘艦がほかにもやってきていたから」

ポエル・アルカウンの意識がこちら側へもどってきた。目を開け、何度も深呼吸し、緊張が解けてリラックスしたようすだ。自信なさげにほほえみ、超心理学者を見た。

「問題はなかったわよね？」

「まったく。完全に安心していい。われわれの脱出は正当だったということ。たとえとどまったとしても、ラムダ・カーソルをどうすることもできなかっただろう。それどころか、要員たちの命をあやうくしていたかもしれない。さらに、きみがりっぱな盗聴能力者だということも証明された。危険な付随現象は生じなかったし。防護者四名と協力すれば、たいした能力者だ」

ポエルは姿勢を正した。

「それについては、自分自身で確認したいと思う」そういって、キャビンを出ていった。

サグレス・ゼゴムもあとにつづいて隣室へ入る。そこにはガム・ホア、エリス・メインヒン、テイパー・オタール、ゲン・テンテンがデスクをかこんで、四つのシェルシートにすわっていた。

「すべて順調だった?」と、ポエルが訊いた。

「もちろん」ガム・ホアが答えた。「最高にうまくいったよ」

ほかの三人もうなずいた。

「ありがとう」と、ポエル・アルカウン。「ほっとしたわ」

彼女はサグレス・ゼゴムを見て、これから司令室へ行くと告げた。超心理学者は彼女のうしろでハッチが閉まるのを待ってから、パラテンサー四名のほうに振り向いた。

「さて、本当のところはどうだった?」

ゲン・テンテンは右手をデスクの上に置き、医師でもあるゼゴムに見せた。

「これ以上ひどくならなくてよかったよ。力のかぎりをつくしたが、完全に防ぐことはできなかった」

手の甲が黒く焼け焦げている。サグレス・ゼゴムの背筋に冷たいものがはしった。激痛にもかかわらず、なぜゲン・テンテンがこれほど冷静でおちついていられるのか、不思議だった。

6

インテル・プラーグは口髭をなでると、

「いいだろう、ポエル」と、態度をやわらげた。「きみの提案は悪くないかもしれない。きみはニッキ・フリッケルのジェットに乗り、われわれは《アラムブリスタ》で惑星を監視して、カルタン人の搭載艇を逃さないようにするわけか」

「そのとおりです」と、盗聴能力者のポエル・アルカウン。

「ニッキは三十秒後に到着する。そうすれば、きみはあちらへうつれるよ」

「わかりました」ポエルが《アラムブリスタ》の司令室を出ようとして、スクリーンに目をやると、ニッキ・フリッケルのスペース＝ジェットが接近してくるのが見えた。

《アラムブリスタ》は十二の惑星を持つ星系に到達していた。ニッキがここで、逃げたカルタン人の搭載艇に追いついたのだ。ネコ生物の艇にぴったり接近したので、ダオ・リン＝ヘイが……本当に乗っているとして……脱出する方法はひとつしかない。カルタン人は艇に乗ったまま、木星タイプの巨大惑星の荒れ狂う大気のなかへ降下していった。

ニッキはそれをひとりで追いかける気はなかった。

「ちょっと待て」と、サグレス・ゼゴムがいう。司令室を出てハッチを閉めようとしていたポエルは不機嫌に訊いた。

「まだなにか？　もうぜんぶ話し合ったと思うけど」

「まだあるんだ。防護者四人はどうする？」

「どうしてもきてほしいわけではないわ。わたしはすぐにもどってくるから」

「四人がいっしょならなにがあっても大丈夫だろう」

ポエルは首を振った。

「そんなに乗ったらせまいもの」と、ほほえんだ。「心配にはおよばないわ、サグレス。今回はダオ・リン＝ヘイを追いたてるだけだから。彼女が惑星をはなれたら、捕まえることになる。自然発火チームが必要になるのはそのあとよ」

「きみの思い違いでなければいいが」

「絶対に大丈夫」ポエルは自信満々で急ぎ立ち去った。

ポエルはＰＩＧの女チーフのスペース＝ジェットに乗りこむと、《アラムブリスタ》から遠ざかった。

ニッキはポエルを見てほっとしたようにうなずいた。

「こんなにうまくいくなんて、うれしいわ」と、ニッキ。巨大惑星はもうそこだ。「ダオ・リン＝ヘイを探しだすのに、パラテンサーの手助けがどうしても必要だったから。技術的な方法だけじゃどうしようもない」

ポエルはこれまでニッキ・フリッケルとはほとんど関わってこなかった。PIGの女チーフが陽気で無鉄砲だとは聞いていたけれど。ニッキはスリムで長身、見た目は骨張って男まさりだが、よく見ると美人だ。ポエルはある種の真剣さを秘めたニッキの目にとくに引かれた。それは経験豊富で強靭《きょうじん》な人格をあらわしていた。自分に指導権があると、彼女が声高《こわだか》に主張する必要はない。それは自明だったから。

「庇護者が円盤艇に乗っているのはほぼまちがいないけど、もうすこしたしかめたいの。あなたにはそのためにきてもらった」

ニッキは指を鳴らすと、ポエルを高く評価しているとばかりにうなずいた。

「ダオ・リン＝ヘイにはずいぶん手を焼いたわ。飛行戦術に長《た》けているから一杯食わされたけど、この星系でようやく追いつめた。この巨大惑星の大気圏のどこかにかくれているはずよ」

「《アラムブリスタ》の支援があれば、惑星全体を監視できますね。ダオ・リン＝ヘイが巨大惑星の裏側へ逃げるつもりなら、コグ船が探知する。こっち側にいるなら、わたしたちが捕まえる」

「そうかんたんにいくといいんだけど」

「まず確認しなくてはいけないのは、ダオ・リンがまだここにいるのか、それともも
こっそり逃げてしまったのか、ということですね」

「だからあなたにきてもらったのよ、ポエル。ダオ・リンを見つけだしてほしい。とりあえず、ほんのすこしコンタクトするだけでいいの。強くつながる必要はない。まだここにいるかどうか、感じるだけでいいわ。相手がダオ・リン＝ヘイかどうかも教えてほしい。われわれが追いかけているのが庇護者でなくべつのカルタン人なら、すぐに捜索を中断する」

「ええ、やってみます。彼女が見つかるまで、長くかからないといいのですが」

ポエル・アルカウンはパラ露をひと粒手にとり、シートにゆったり身を沈め、ダオ・リン＝ヘイに集中しながら超心理感覚を解放した。

庇護者はまだ木星型惑星にいるのだろうか？

ニッキ・フリッケルはしずかに待っていた。ダオ・リンがあらわれたらすぐに対応できるよう、探知機を見守っている。

自分には休憩が必要だと、ニッキは感じていた。逃げた搭載艇の追跡は、骨の折れる、きわめて高い集中力を要する仕事だった。最初のうちは、円盤艇を捕まえるのなど造作もないと高をくくっていたが、ダオ・リンを見くびっていたことを認めるしかなかった。カルタン人に対する尊敬の念さえおぼえた。こんなふうに逃げ道のない状態に追いつめ

てしまい、残念に思うくらいだ。

気をつけて、ニッキ！　と、自分をいましめた。うかうかしていちゃだめ。こちらはダオ・リンを窮地におとしいれたつもりでも、向こうの考えは違うかもしれない。ニッキはポエル・アルカウンを見た。彼女には克服すべき心理的弱点があると聞いている。ポエルのほうは、自分が観察されていると感じて、伏せていた目をあげて困ったようにほほえんだ。

「ダオ・リン＝ヘイはまだここにいます」と、パラテンサー。「どこか巨大な峡谷の入口にかくれているのを見つけました。逃げおおせたのならいいが、と、彼女は思っています。すぐにふたたびスタートするでしょう」

「彼女がどこにいるか、正確にわかる？」

「残念ながら。その下は真っ暗闇で、暴風が吹き荒れています。ダオ・リン＝ヘイも円盤艇を正常にたもつのに苦労しているようです。自分がどこにいるかもわかっていません。こちらから見える側にいるはずだけど、絶対とはいえません」

ニッキ・フリッケルはすぐに《アラムブリスタ》に連絡し、ポエルから聞いたことを伝えた。両側から惑星を監視できるよう、いまいる場所にとどまることを船長に命じた。ダオ・リンが大気圏のどこから逃げだしても、コグ船が探知するだろう。

「ダオ・リン＝ヘイはまだ救難信号を発していない」と、ニッキ・フリッケル。「それがちょっと引っかかるわね」

「自分がだれなのか、気づかれたくないと思っているのかも」と、ポエル。「そう考えると説明がつきます。救難信号を出せば救援がくるし、そうなれば自分が重要存在だと知られてしまうから」

「あるいは、自分は逃げおおせると確信しているのか。まだ切り札の計略があるはずだし。彼女がダオ・リン＝ヘイであることは確実？」

「ええ、それはもちろん。庇護者にまちがいありません」ポエルは自信たっぷりだった。

「わたしたち、《アラムブリスタ》に移動したほうがいいのでは。そうすれば、ダオ・リンがこの星系から逃げだしたとしても、こちらが優位ですから」

ニッキ・フリッケルはすこし考えて、やはりスペース＝ジェットにのこることにした。コグ船より機動性が高いからだ。

「この星系から逃げだすチャンスをあたえたりしない」と、ニッキはいった。「見てて。この追跡劇ももう終わりよ」

「それはそうですが、こちらが庇護者を捕まえたら、カルタン人はかならず猛反撃してきますよ。かれらにとってはこれ以上ない挑発行為ですから」

ニッキ・フリッケルは無言で肩をすくめた。

ポエル・アルカウンにはまだいいたいことがたくさんあった。カルタン人のことを深く理解していたし、同情もしていたから。だが、いまこのときにＰＩＧの女チーフと議論するのは賢明じゃない。

スペース＝ジェットにとどまることも、正解とは思えなかった。《アラムブリスタ》で追跡するほうが、チャンスは多いはずだと考えたのだ。だが、そういう提案をしてみても、ニッキにあえなく否定された。

ポエルは目を閉じ、ダオ・リン＝ヘイに意識を集中した。すると、わりとすぐに見つかった。

「ダオ・リン＝ヘイはスタートしようとしています」ポエルは目を閉じたままそういった。「すでに必要な準備は終えました。惑星を脱出したら、すぐリニア空間に逃げるつもりです」

「どうやって？」ニッキは驚いていた。「必要速度に達する前に、われわれに捕まるのに。リニア空間というのは彼女の固定観念にすぎないわ」

「あそこにいます！」と、ポエルは叫んだ。主スクリーンには燃えるようなシュプールがうつっている。ダオ・リン＝ヘイが円盤艇で巨大惑星の大気圏を突っきったのだ。

「頭がおかしくなったのか」と、ＰＩＧの女チーフ。「速度を落とさないと、搭載艇もろとも燃えつきてしまうのに」

ニッキはスペース＝ジェットを加速して追跡をはじめた。

「まさかこんな作戦に出るとは思わなかったわ」と、認める。「こんなことなら《アラムブリスタ》に乗り換えておけばよかった」

ニッキはインテル・プラーグに庇護者のスタートを知らせ、

「まったく、なんてこと」と、つづけた。「だけど、まだわたしはダオ・リン＝ヘイがトリックをためしたかどうか、怪しいと思ってる。たんなるはったりかもしれない。あなたはここにとどまり、彼女を捕まえて。もしも、わたしが誤った推論をたどらされているなら」

ポエルはダオ・リンの円盤艇を目で追いながら、ニッキ・フリッケルの言葉に首をひねった。なにをいぶかしんでいるのだろう？　乗っているのは絶対ダオ・リン＝ヘイで、この絶望的な脱出を試みているのも彼女なのに。

ダオ・リンの円盤艇が巨大惑星の大気圏から出ると、艇をおおっていた火の玉も消えた。

「持ちこたえるなんて」と、ニッキ。「できるはずないと思ったのに。ばらばらになって飛び散るだろうと思っていたわ」

ニッキはジェットのエネルギー砲を発射すると、カルタン人の円盤艇から二百メートルのところまで迫った。相手のエネルギー・バリアが恐ろしいほどに明るく光る。

「あきらめるのね、お嬢さん」ＰＩＧの女チーフがうめくようにつぶやいた。「あなたにはこれっぽっちのチャンスもない。そっちの防御バリアはもうおしまいよ。スタート時に酷使したのだから、いまはバリア・ジェネレーターが動かないはず」

次の砲撃で、さらに防御バリアが崩壊しそうに見えた。だが、ダオ・リン＝ヘイは平然として、なにもなかったように加速をつづけた。

ニッキ・フリッケルが通信で呼びかけたが、反応はない。

「こちらはすぐうしろにいる。むだな抵抗をやめなさい。そうしないと、死の一撃をお見舞いするわよ」

たんなる脅しでないことをしめすために。彼女はふたたび搭載艇を砲撃。こんどこそ防御バリアが崩壊した。円盤艇がふらつく。もうぼろぼろで、あと一回撃たれたらあっさり砕け散るだろう。

ポエル・アルカウンは息をとめ、唖然としてニッキ・フリッケルを見た。

ＰＩＧの女チーフは本気なのか？

ダオ・リン＝ヘイはこんども応答しない。防御バリアがふたたび展開された。

「そんなことをしてもむだよ」と、ニッキは通信でカルタン人に呼びかけた。「やろうと思えば、その円盤艇など宇宙空間から吹き飛ばせる。もうがまんの限界だわ。三秒だけ待つけど……それでおしまい」

ダオ・リンはひとつ飛びして、リニア空間に消えた。

「そんなばかな」ニッキ・フリッケルは腹の虫がおさまらない。「わたしが追いつけないとでも思っているのか」

ニッキも同じく超光速まで加速し、半空間ソナーでダオ・リン＝ヘイを追跡した。

「彼女、やけになっています」と、ポエルはつぶやいた。「けれども、けっしてあきらめない。カルタン人の名誉にかけて、庇護者が降伏するなど許されないから」

「逃れる道はないのに。それがわからないのかしら」

「理性で判断しているのではなく、伝統の要求にしたがっているんです」

ダオ・リン＝ヘイは飛行術を駆使し、何度も光速と超光速を切り替えて飛んだ。だが、追っ手を振りきることはできない。

ニッキ・フリッケルは笑いはじめた。

「ばかなことはやめなさい、ダオ・リン＝ヘイ。打つ手はないとわかっているでしょうに。おふざけは終わりよ」

ダオ・リンはやはり応答しない。ニッキの声が聞こえているかどうかもわからなかった。ポエルは、彼女が通信装置をオフにして、プライドを傷つける言葉を無視しているのだろうと思った。

とうとう、ニッキ・フリッケルが不安そうにポエルを見た。

「どうすればいいと思う？　撃ち殺すわけにはいかない」

ポエルはしずかにほほえんだ。

「ダオ・リン＝ヘイもそれがわかっているんですよ」と、おだやかに応えた。

「では、教えて。どうやってあのいまいましい円盤艇を捕まえればいいのか」

「わたしにもわかりません」

ニッキはやぶれかぶれで、シートの背もたれをこぶしでたたいた。

「しかたない」と、腹だたしげにいった。「ダオ・リン＝ヘイがそうしたいなら、宇宙の果てまで追いかけるわ。それか、彼女のエンジンが力つきるまで」

ＰＩＧの女チーフは、いまになって後悔していた。やっぱり《アラムブリスタ》で追いかければよかった、と。力でまさるコグ船なら、また違う戦法もあっただろう。すくなくとも、牽引ビームで捕らえることはできたはず。

ダオ・リン＝ヘイはまたしてもリニア戦略をやめ、半光速ほどの速さで、はてしない銀河の宇宙瓦礫《がれき》のなかへ入っていった。

ポエル・アルカウンは驚いて叫んだ。

「常軌を逸しているわ」と、ニッキ・フリッケル。「速度を落とさないと命はない」

実際、ダオ・リンは減速したが、無数の障害物を考えれば、それでも速すぎる。大きいのだと火星の衛星ほどもある瓦礫と、衝突するのは不可避に見えた。

ニッキ・フリッケルとポエル・アルカウンは庇護者が瓦礫にぶつかりかけるたびに身

をすくめたが、毎回ぎりぎりのところをかすめていった。

ポエルはシートにしがみついた。ニッキ・フリッケルが追跡をやめず、速度も落とさないので、冷や汗が流れ、息も絶え絶えだった。とはいえ、ニッキのほうが多少はカルタン人よりも有利だ。より有能なポジトロニクスが障害物を避ける手助けをするから。

宇宙瓦礫を縫うようにして恐怖の飛行を数分つづけたあと、ダオ・リン＝ヘイは速度を落とした。ニッキ・フリッケルも減速する。防御バリアで燃えるか跳ね返るかしたちいさな破片が、大量にぶつかってきたからだ。大きな瓦礫が増えてくると、どちらの宇宙船もさらに速度を落とした。

「ダオ・リン＝ヘイはどうするつもりなんだろう？」と、ニッキ・フリッケルが訊いてきた。「盗聴して。出しぬかれたくないから」

どちらの宇宙船も宇宙瓦礫のなかをいたくのんびり進んでいる。四方八方どの方向もびっしり大小の岩塊でかこまれていた。探知スクリーンを見れば、ほとんどの瓦礫が動いていることがわかる。いままで衝突が起こっていないのは奇蹟のように思えた。

ニッキ・フリッケルはダオ・リン＝ヘイを何度か見失いながらも、加速をつづけて間隔を詰めていった。

「これではうまくいきません」と、ポエル・アルカウン。「ニッキ、この瓦礫フィールドを出て、どこか外でダオ・リン＝ヘイを捕まえる作戦はどうでしょう？　それに、

「われわれだけじゃ無理だわ」

「あなたのいうとおりね」ＰＩＧの女チーフは同意した。《アラムブリスタ》に助けをたのんだらいいのでは？」

ポエルは《アラムブリスタ》と連絡をとろうとしたが、瓦礫フィールドにいるかぎり無理だとわかった。

「岩塊で通信が遮断されています」と、ポエル。「つながりません」

「そんなはずはない」ニッキはいぶかしそうに首を振った。「ハイパーカムを使ったんでしょう。とどくはずよ」

「それが、だめみたいです。わたしにもなにも聞こえないし」ポエルはスライドスイッチを動かしたが、スピーカーからは単調な雑音が聞こえてくるだけだった。

「どうもおかしい。ハイパーカムの送受信機はそうかんたんにだめにならない。ほかに原因がありそうね」

ニッキが探知スクリーンを見あげると、前方にカルタン人の円盤艇がうつしだされていた。こんな悪条件でも、ポジトロニクスは瓦礫の海に浮かぶ艇をくっきりとらえていた。

「ちょっと思いついたことがあるんですが」ポエルは遠慮がちにいった。「検査してみてもいいですか？」

「わたしの許可はいらないわ」そのあとは、機を制御「もちろん」と、ニッキ・フリッケル。「わたしの許可はいらないわ」

スペース＝ジェットは、機の三倍はある岩塊をすれすれで通りすぎた。そのあとは、目の前の隙間が閉じてあやうくぶつかりそうになる。だが、ポジトロニクスが機を制御して、隙間を通りぬけることができた。ふたりは無意識に首をすくめた。宇宙瓦礫が手で触れそうなほど間近にある。

ポジトロニクスをプログラミングしながら、ポエルの両手はすこし震えていた。数秒後、彼女の検査結果がモニター画面に表示された。

「やっぱりそうだわ！」パラテンサーの声が大きくなった。「この瓦礫はわたしたちと同じ方向に動いている。それだけじゃない、わたしたちに接近している。ニッキ……瓦礫がわたしたちを包囲しているんです」

ＰＩＧの女チーフはあきれたようにポエルを見つめた。

「なにをばかなことといってるの？」

「ばかなことじゃありません。ポジトロニクスでも確認しました」

「どうなっている？」ニッキ・フリッケルはコンピュータに直接たずねた。「われわれ、包囲されているの？」

「われわれをとりかこんでいる物体は、生きた有機体の一部のように動いています」ポジトロニクスがすこし鼻にかかった声で説明した。「まるで、上位の知性に操られているかのように」

この情報にふたりはショックを受けた。数秒間、麻痺したように動けなかった。

ダオ・リン＝ヘイが、自分たちを逃げ道のない宇宙の罠に誘いこんだのだろうか？

「そんなこと、ありえない」ニッキ・フリッケルはとりみだしていた。「瓦礫が思考力のある生物の一部で、われわれをゆっくり、だけど確実にかこいこむなんて」

「わたしたちを食いつくす気です」と、ポエル。「ええ、そういうことだわ。全方位からこられたら、こちらはつぶされて、のみこまれてしまう」

「ダオ・リン＝ヘイ、あなたはそもそも、ここでなにが起こっているか、わかっているの？」ニッキは通信でカルタン人に呼びかけた。「いいかげんに返事したらどう。それとも、この状況をまだコントロールできると思っているの？」

ダオ・リン＝ヘイは相いかわらず無言だ。ニッキは恐怖でパニックを起こし、あたりを見まわした。そしてようやく、おかれた状況を認識した。自分たちは、岩塊が静止しているように見える瓦礫フィールドのなかで、身動きがとれないまま、無謀な速度で迷路を通りぬける道を探している。

左右や後方を同速度で伴走する岩塊は増えつづけ、避けきれずにちいさな岩と衝突することも多くなった。

「まさか」と、ニッキ。「わたしはこんなこと信じない、ポエル。われわれ、頭がどうかしたのよ。この現象に対する答えはただひとつ。岩石が加速しているのではなく、こっちが減速している」

「そうじゃないと自分でもわかっているはずです、ニッキ」

日ごろは恐いもの知らずのニッキも、もうお手あげだった。こんな瓦礫フィールドのような奇妙な生物が存在し、しかもある程度の知性を持つなんて、信じられるはずがない。

ニッキはエネルギー砲を瓦礫に向けて発射した。岩石が灼熱し、一瞬で液化すると、同じような岩塊にぶつかって融合した。

ニッキ・フリッケルはもう一度、同じ岩塊に向けて発射。それは、こんどはスペース＝ジェットより大きな岩にぶつかって、ふたたび合体した。

「やめて！」ポエルが叫んだ。「もう撃たないでください。状況が悪くなるだけです。相手を巨大化させてどうするんですか」

ダオ・リン＝ヘイもこの危険を察知したようだった。彼女は基本としていたコースを変えて加速した。横からなら、瓦礫フィールドを突破できると考えたようだ。エネルギー砲を撃ってスペースを確保しようとしている。だが、うまくいっていない。

「ダオ・リン＝ヘイ、聞いて！」ニッキは通信装置に向かって叫んだが、ダオ・リンからはこんども返事がなかった。

ポエル・アルカウンが周囲を見わたすと、岩塊はさらに接近してくる。いくつかの巨大な塊りが一定の間隔をたもちながら迫り、ペンチのようにジェットをはさみこんで襲いかかろうとしていた。

7

「わたしの手は、また完全にもとどおりになった」ゲン・テンテンはやけどが回復したことを報告した。サグレス・ゼゴムに手をさしだし、痕ものこらず傷が完治したことを確認させせようとした。

ゼゴムは、ゲン・テンテンが《アラムブリスタ》の大食堂でガム・ホア、エリス・メインヒン、テイパー・オタールと軽い朝食をとっているところへやってきたのだが、さしだされた手をいらだたしげに押しのけた。

「いまはそのことはどうでもいいんだ。ポエルがどうしているのか知りたい。彼女にはわれわれの助けが必要だ」

「そばにいればかんたんに助けられたんだが」と、ゲン・テンテン。「しかし、ポエルにはポエルの考えがあったからな」

かれは怒ったようにはげ頭をかくと、朝食を食べはじめた。計画どおりにことが進まなかったのを、無視しようとしている。自分たちがはなればなれになったのは、ポエル

・アルカウンのせいだと考えた。それがかれにとって、いちばんかんたんな答えだったから。
「いったい、われわれがいまいるのはどこなんだ?」と、ガム・ホアがたずねた。神経質そうに自分の衣服をいじって、超心理学者の視線を避けている。

「《アラムブリスタ》はニッキ・フリッケルのスペース＝ジェットを追尾している」と、サグレス・ゼゴムは説明した。「ジェットはうまくやっていると思う。ただ、こちらとの距離がそうとうある」

「カルタン人の搭載艇なんて撃ち落とせばよかったんだ」ゲン・テンテンはぶつぶつ文句をいった。「そうすれば、こんな茶番はぜんぶ省略できた。ま、配慮は必要だったが」

「さいわいなことに、なんでもあなたの思うとおりに進むわけじゃないのよ、自信過剰さん」エリス・メインヒンが笑った。彼女は赤毛を額からはらいのけると、急いでもう一枚パンをたいらげてため息をつき、ぶつぶついいながら贅肉のつきはじめたウエストをさすった。

「きみたちにポエルを探してほしい」と、サグレス・ゼゴム。「時間をむだにしないでくれ。緊急事態だ。ポエルが困っているのを感じるんだ」

「自分のことは自分で助ける力があればいいんだが」と、ゲン・テンテンが嘆いた。

「ま、いいさ。そのためにわれわれがいるんだからな」

パラテンサー四人はすぐにテフローダーの捜索を開始した。

パラ露を手にとり、意識を集中させる。

「おかしいぞ」数秒もたたないうちに、ガム・ホアが異変を感じた。神経質そうに両手で衣服をなで、上着をつまみ、ズボンを引っ張っている。かれの両手は一瞬たりともじっとしていない。「なにかがポエルを遮断している」

「べつの生物がいるわ」エリス・メインヒンが補足した。

「しかも、それはダオ・リン＝ヘイじゃない」と、テイパー・オタール。彼女はテーブルからはなれたところに椅子を移動させて、ほかの三人から距離をおいていた。腕を組んでいて、近よりがたいようすだ。

「われわれの分類では、これは生物ではないな」ゲン・テンテンが驚きをかくさない。そのはげ頭にはうっすら汗がにじんでいた。「思考してはいるが、なにを考えているのか、理解できない」

「ポエルとニッキが危険だわ」と、エリス・メインヒン。その唇からほほえみが消えた。「わたしたちがあいだに割りこみましょう。ポエルとニッキに作用しているのは精神的な力よ」

「そのとおりだ」ゲン・テンテンも同意した。「この力を押しのけないと、ふたりともとりかこまれてしまう」

「とりかこまれる？」と、サグレス・ゼゴムが訊いた。「どういう意味だ？」

この質問に四人にパラテンサーのだれも、答えられなかった。かれら自身にもわからないのだ。探知された生物が大小さまざまな数百万個の宇宙瓦礫からできているなど、想像もしていないから。

「よし、わかった」超心理学者は、四人が不思議な生物のようすを説明しようといっせいに話しかけてくるのをさえぎった。「つまり、ポエルとニッキがなにに脅かされているのか、まったくわからないんだな。わからなくても、危険をなくせればそれでいい」

「いまやろうとしているところよ」ティパー・オタールはぶっきらぼうにはねつけた。まるで、サグレス・ゼゴムが自分たちの努力をじゃましているといいたげだ。だが、ゼゴムは気にとめなかった。ティパー・オタールはそういう性格だからしかたない。彼女はいつも冷遇され、のけ者にされていると感じ、話し方が攻撃的になるのだ。

ゲン・テンテンはなにかいおうとしたが、集中力を高めたい三人から、しずかにするようながされた。

＊

ニッキ・フリッケルは幻影を見た。突破できない岩塊にとりかこまれて宇宙の牢獄に行きつき、そこから逃れることができない。ごく近い将来、自分が惑星の核になっているんじゃないかとも思った。

閉所恐怖症になったことはなかったが、いまは閉所に対するおさえられない恐怖を感じた。もはや逃げ道はない。どこを見ても岩だらけで、それがどんどん押しよせてくる。

「ここから逃げよう」ニッキの息は荒かった。「なにがなんでも脱出しなければ、手遅れになってしまう」

「ダオ・リン＝ヘイはどうするのです？」

「カルタン人なんてくそ食らえよ！」と、ニッキは叫ぶ。「生き埋めにされたら元も子もないわ」

スペース＝ジェットのエネルギー砲がはなたれ、エネルギー・ビームが瓦礫に当たった。

ふたりは驚いて顔を見合わせた。だれも武器を操作していないのだが。

さらにもう一回、ビームがはなたれた。

ニッキは驚いてうめき声を漏らした。

「こんなことまで起こるなんて。この瓦礫ときたら、こっちを利用してやりたい放題なんだね」

そのとき、プロジェクター二基から同時にエネルギー・ビームが発射された。ポエルは、ある巨大な岩塊にビームが命中し、その直後にそれがべつの瓦礫と衝突するのを目のあたりにした。ふたつの塊りは合体してくっついたままになった。

「こんなのだれも信じてくれないわ」ポエルはとりみだしていた。

「そんなことが心配とは、お気楽なことで」と、ニッキ。彼女はもうダオ・リン＝ヘイにかまわず、スペース＝ジェットをわきへそらせた。瓦礫フィールドから抜けだすことしか頭にない。それ以外のことはどうでもよかった。

ジェットは巨大岩塊ふたつのあいだの隘路《あいろ》を通って進んだ。ポエル・アルカウンは自分の手が震えているのに気づき、耐えがたい閉塞感と拘禁の恐怖を感じた。喉が絞めつけられるようだ。

ふたつの岩塊がさらに近づいたら？　隘路がもっとせばまったら？

「いまにもつぶされて、ぺちゃんこになりそう」ニッキの声はちいさかった。大きな声を出す元気はない。

またしても不気味な宇宙生物がジェットのエネルギー砲を発射させた。三条のエネルギー・ビームを側面に受けた岩が爆発し、閃光が白く輝く。

ポエルは思わず叫んで、両手を頬に当てた。頬は氷のように冷たい。ジェットが壊れて宇宙の冷気が入りこんできたのかと思えた。

岩の割れ目が細くなったため、ニッキ・フリッケルはしかたなくスペース＝ジェットを縦に向けた。通り抜けはもはや不可能と思われたとき、目の前の空間が急にひろがり、ジェットは瓦礫のすくないところに出た。

ポエルは思わず立ちあがって振り返ったが、外は暗くてなにも見えなかった。探知機を使うとようやく、何百万、何千万の瓦礫が集まってできた巨大な卵形の一構造体が背後にあることがわかった。

スペース＝ジェットが高速で宇宙生物から遠ざかるあいだ、ふたりは無言だった。三十万キロメートルほどはなれてようやく、ニッキ・フリッケルも立ちあがった。彼女は伸びをすると、肩を前やうしろにまわしたり、腕を振ったりしてからだをほぐした。

「からだがこちこちよ。もう一巻の終わりだと思ったから」

「見てください」ポエルがうながした。「いったん縮んで、また膨張してきました。いまは大きな卵に見えますね。四方八方に瓦礫が散らばっています」

「卵がダオ・リンを捕まえたってこと？」

ポエルは肩をすくめた。

「わかりません。ダオ・リン＝ヘイをすっかり見失ったから」

「なんだか、だれかに助けられたみたいな気がする」PIGの女チーフはほっと息をつき、操縦席にすわった。「自分がどこにいるのか皆目わからなかったのに、ふいにだれかがうしろに立っていて、その人が行くべき方向を教えてくれたような」

「ガム・ホア、エリス・メインヒン、テイパー・オタール、ゲン・テンテンかもしれません」と、ポエル。彼女はニッキ・フリッケルを見て確信したようにうなずいた。「ええ、かれらです。わたしたちを守ってくれた。運が向いてきましたね」

ニッキはおちつかないようすで立ちあがると、飲み物をとりにいった。

「本当にだれかがいるなら、ダオ・リン＝ヘイがまだ生きているのか、どこにかくれているのか、さっさと教えてほしい」

ニッキはドリンクを飲みほした。

「《アラムブリスタ》を呼んだほうがいいと思います」と、ポエル。「コグ船なら探すのを手伝ってくれるでしょう」

アラーム音が短く鳴った。

「見つけた」ニッキは勢いづいてそういうと、計器に跳びついた。「ダオ・リンの居場所がわかったわ」

ほんの数秒、ダオ・リン＝ヘイの円盤艇が探知スクリーンにうつしだされたが、すぐに消えてしまった。

「リニア飛行に移行したのね」ポエルの声は冷静だ。

「こんどこそ逃がさない」と、ニッキ。決意したようにこぶしを握りしめた。「三角座銀河の果てまで追いかけることになっても、捕まえるわ」

「どういうわけか、わたしは彼女に感銘を受けました」と、ポエル。「ふてぶてしさが感じられない」

「それがなんの役にたつの？」

「彼女はすぐれたものを持っています」

「それではわからない」

ジェットはリニア飛行へうつった。ニッキ・フリッケルは半空間ソナーを使って庇護者を追った。

「あなたは三角座銀河の果てまで追いかけるといいましたが、本当にそうなりそうですよ。彼女は銀河の辺縁まで行くつもりです」と、ポエル。

「それはつまり、ダオ・リンがすぐれたものを持っていないってことね」

「本当に？」

「そっちへ向かえば向かうほど、わたしから逃げるチャンスはなくなっていく。そこの宇宙は空《から》っぽよ。星間距離はどんどん大きくなるし、その向こうにひろがるのは星々のない宇宙空間。そうなると、彼女の浅知恵もつきて、もうかくれる場所もなくなってしまう。どこかの惑星に逃げこむこともできない。星のない宇宙でわれわれと向き合うのよ」

「そんなこと、彼女が知らないとでも思うのですか？」

「そう見えるわ。彼女のコースを見て。空虚に向かって進んでいる」

ニッキ・フリッケルはモニターを見ながら首を振った。ダオ・リン＝ヘイの行動は説明不能だった。

「盗聴して。どういうつもりか知りたいから」

ダオ・リン＝ヘイはリニア飛行を終え、亜光速で進んでいる。黄色い恒星と四つの惑星からなるちいさな星系に接近しつつあった。

ポエル・アルカウンはパラ露を手にした。カルタン人を盗聴しようとする。

「待って」と、ニッキ。「まだよ。どうもダオ・リンは惑星のどれかに行くつもりのようよ」

「どうして待たなければいけないんです？」ポエルは驚いていた。

「盗聴に気づくかもしれない。そうなったら計画を変更してしまうでしょう」

「彼女が重要なかくれ場に行くつもりだと思うのですか？　秘密基地とか、そのような場所へ？」ポエルはほほえんだ。「本気でいってはいませんよね。抜け目のないダオ・リンがそんなことをするはずがない。しかも、わたしたちに追いかけられていると知りながら。それを忘れたのですか？」

ニッキ・フリッケルは彼女を探るように見た。

「だんだんわかってきた。あなたはダオ・リン＝ヘイを尊敬しているのね。心から賞讃の念をいだいている」
「そのとおりです。けれど、追いかけて捕らえることに変わりはありません」
「つまり、ダオ・リン＝ヘイに好意をいだいていても、ＰＩＧへの忠誠心は変わらない
と？」
「なんて質問！　もちろんですよ。だれだって敵を賞讃することはあるでしょう。だから
らといって、仲よくなるわけではありません」
ダオ・リン＝ヘイは円盤艇で星系に入り、第二惑星に向かっていた。
「減速した」と、ＰＩＧの女チーフ。「着陸するつもりね。用心しないと。こっちを罠
におびきよせようなんて、そうはさせない。この惑星にカルタン人がほかにいるとして
も、驚かないわ」
ポエル・アルカウンはパラ露を容器にしまった。さしあたりこれを使うことはなさそ
うだ。そのほうがありがたい。
ポエルがダオ・リン＝ヘイを尊敬しているのは本当だったが、それだけではなく、説
明のつかない奇妙な気おくれを感じてもいる。
庇護者を盗聴するのは間違っているように思えた。秘匿《ひとく》した思考に侵入されたら、ダ
オ・リン＝ヘイも逆らうことはできないだろう。いや、できるのか？

ウィド・ヘルフリッチはかれこれ三十時間以上、《サナア》のカルタン人乗員を尋問していた。しかも、仮眠をとるのに交代したのは二回だけだった。

カルタン人たちには休憩があたえられなかったが、全員、ヘルフリッチより元気だ。まるで、疲れというものを知らないように。かれらはほとんど無関心で、ヘルフリッチに訊かれたことにもめったに答えなかった。なにも聞こえないのかと思えることもしょっちゅうだ。

「いったいどうして、そう同じ質問ばかりするんだ？」とうとう、背丈の高いスリムな一カルタン人が文句をいった。とりわけ太い口髭が目立つ男で、ゆっくり言葉を区切りながら話し、まるで一語一語を吟味しているようだ。何度も手の甲で口髭をこすり、理解しがたい問題を考えあぐねるように、床に目を落とす。その自信なさげな態度は、他者ではなく、自分自身に向けられていた。なにか決断するたびに疑問が浮かび、自分が口に出した表現に対してつねに批判的になるらしい。たえずもっと的確でより正確な表現を模索して発言し、ウィド・ヘルフリッチの言葉が正確さを欠くと、不快になるようだった。「われわれはそれに返答できない」

「返答したくない、だろう」疲れきったウィド・ヘルフリッチがそう修正した。

*

ヘルフリッチはカラック船《ワイゲオ》からきた武装した男たち二十名といっしょに《サナア》の食堂にいた。この宇宙船の乗員は合計三十八名のカルタン人だ。食堂の中央に立っている。かれらは例外なくすわるのを拒み、ウィド・ヘルフリッチが何度すわるよううながしても、だれひとり応じようとしなかった。かれらは身体的な弱みは見せなかったし、自分たちの規律を誇りに思っていた。

「では、もう一度いおう」ウィド・ヘルフリッチは自動供給装置から水を持ってくると、そういった。「きみたちカルタン人が力の集合体エスタルトゥに行ったのは、そこで可能なかぎり多くの惑星に移住するためだった」

「われわれにとってはエスタルトゥではなく、ラオ＝シンだ」と、そのカルタン人が口をはさんだ。かれは乗員たちのスポークスマンをつとめている。

「よかろう。カルタン人は力の集合体ラオ＝シンの惑星に入植するために出発した。そうだな？」

「そうだ」

「その理由は？」

「惑星を開拓し、そこで暮らすために」

「それだけではないだろう。カルタン人がよりによって、四千万光年もはなれたおとめ座銀河団を選んだのには、なにか理由があるにちがいない」

「高位女性がその宙域に決めたのだ」

ウィド・ヘルフリッチは不満げにうめいた。

「ああ、ああ。それはわかっている。高位女性が決めたんだろうとも。だが、なぜそう決めたんだ？　高位女性がその宙域を選んだ理由があるはずだ。選択肢は無数にある。もっと楽に到達できる宙域を選ぶこともできた。それなのに、どうしてよりによって力の集合体ラオ＝シンに入植するのか？」

カルタン人のスポークスマンは口髭を手の甲でこすった。

「何度もいったとおり、わたしはよろこんであなたの役にたちたいと思っている。なぜという質問にきちんと答えたいのはやまやまだが、できないのだ。というのも、特別な理由はないのだから。われわれカルタン人はラオ＝シンで入植惑星を開拓し、拠点をつくって自分たちの文化や文明をひろげたい。それだけだ。あなたにかくすような秘密などない」

「では、また最初からやりなおしだな。三十時間さんざん苦労して、なんの進歩もない。いつまでこんな見えすいた、ばかげた返答をつづけるつもりだ？」

「真実をいっているまでだ。ほかにどういえばいいのか。あと何日、何週間かかっても、わたしはかまわない。どんなに時間をかけても、わたしの返答は同じだ」

「だが、ダオ・リン＝ヘイならちゃんと答えられるだろう」

「そもそも、彼女があなたたちと話すことはない」

「われわれは絶対にダオ・リンを逃がさないぞ」

「その前向きな態度にはあなたの上司もよろこぶだろうが、あとでがっかりすることになる。あなたたちにダオ・リン＝ヘイは捕まえられない」

「もうすでに捕まえたよ」ウィド・ヘルフリッチは嘘をついた。

「それはあなたたちにとってすばらしいことだ」カルタン人の目にあざけりが浮かんだ。かれはテラナーの言葉を信用していない。

「ま、いい」ヘルフリッチはため息をついた。「最初からやりなおしだ」

「われわれが答える内容に変わりはないと、なぜわからないのか？」

「きみも知っているはず」ヘルフリッチはひと口水を飲むと、カルタン人のスポークスマンに近よった。「違う方法で話し合うってこともできるんだからな」

「わたしの答えは変わらない」

「さ、はじめよう！　カエルはそういうと、王子様に変身したとさ」

カルタン人は意味がわからず、ヘルフリッチを見つめた。

「わたしを拷問して違う答えを引きだせると思っているのか？　わたしは真実でないことはいわない。なにがあっても。われわれはなにも知らないと、いいかげん認めたらどうだ。ラオ＝シンに入植するのに、特別な理由はない」

「遅かれ早かれ、われわれはその理由を見つけだす」と、ウィド・ヘルフリッチ。「かくそうとしてもむだだ。きわめて重要な動機が、ひとつはあるにちがいない。かならず見つけだすぞ」

カルタン人は沈黙した。

「良心の声も声変わり中らしいな」と、テラナー。「いいかげん真実を聞かせてもらおうか」

カルタン人は答えなかった。手の甲で口髭をこすると、床を見つめた。もうなにもいうまいと決心したようだった。

8

ゲン・テンテンは両手ではげ頭をかきむしりながらサグレス・ゼゴムの執務キャビンに駆けこむと、シートにすわりこんだ。なにか問題が起きたのだと、ゼゴムはすぐに気づいた。身長が一・五メートルしかないパラテンサーは、シートにすわるのもひと苦労だ。

「どうかしたのか？」と、超心理学者は訊いた。

「大変なことが起こった」と、答えたゲン・テンテンは、怒りをおさえきれない。「きみたちがなにを考えてわれわれ四人をグループにしたのかは知らないが、頭に影があるんじゃないか」

テンテンはろうそくのようにまっすぐシートにすわり、そのちいさなてのひらを膝の上にそろえた。

「だれかの頭に影がある？　なにがいいたいんだ？」と、ゼゴム。

ゲン・テンテンは指でこめかみに軽く触れた。

「ここがいかれているってことさ」

「なにがあったんだ？」

「なにがあったって？　ずっと前から予想されていたことだよ」身の丈に合わないシートから滑りおりると、テンテンは超心理学者のデスクの前を短い足で行ったりきたりした。はげ頭に何度も両手をやり、薄い唇をゆがめる。「われわれは決裂したんだ。口論になった。わたしはもう、かれらとはいっしょにはやっていけない。お坊ちゃんやお嬢ちゃんは、うまく折り合う方法を自分たちで考えるんだな。わたしはもうこんりんざい関わらない」

「そういわれても、やっぱりなにが起こったのかわからない」

サグレス・ゼゴムは、すくなくとも見たところは冷静だった。それほどの大事件だとは感じていないように見える。けれども実際は、足もとからくずおれる思いだった。動揺が声ににじまないよう腐心していた。

ニッキ・フリッケルとポエル・アルカウンはダオ・リン＝ヘイのあとを追っていた。ふたりは数分前にようやくまともな知らせを送ってきた。ポエルがすぐにでもダオ・リンの盗聴をはじめるところだという。つまり、ポエルの命を守るため、至急《アラムブリスタ》に乗船しているパラテンサー四人の助けが必要なのだ。ポエルの超心理攻撃があと数秒ではじまろうという、よりによってこのときに、パラテンサーたちが助けにならないとは。よりによっていま、決裂したというのだ。

「ガム・ホアはじつに情けない腰抜けだ」と、ゲン・テンテン。

「へえ、そうなのか?」サグレス・ゼゴムはガム・ホアに関するデータを呼びだした。

ゲン・テンテンにも、スクリーンに表示された文字が読めるように。「手もとの資料では、ガム・ホアは一年前、カルタン人に攻撃された基地にいたとある。かれはみごとに戦いぬいて、後日、特別表彰を受けている。勇敢で信頼でき、責任感があると評価されている」

「かれはポエルを守るのを拒んだ」

「守るのを拒んだ?」サグレス・ゼゴムは自分の聞き間違いだと思った。

「自分が死ぬのを恐れたんだ」

「事前にとりきめておいたように四人が協力すれば、本来、問題はないはずだが」

「危険は虚無からくるのだから、自分には防御できないといいはっている。ポエルを臆病者だとみなしていて、そんな弱虫に自分の命をかけるつもりはないというんだ」

ドアが開き、ほかのパラテンサー三名が入ってきた。先頭はガム・ホアだ。その黒髪はぼさぼさだった。神経質そうに両手で上着の襟をいじっている。

「まったくそのとおり」ガム・ホアが大きな声を出した。ハッチの外でもゲン・テンテンの話が聞こえていたのだろう。「この暴力主義者がいったとおりだよ。ポエルは腰抜けで、パラ露を使った力のあつかい方も、まるで素人だ。わたしにいわせれば、自分で力をコントロールできない者にこんなことをさせること自体が常軌を逸している」

「なるほど、ガムの考えはわかった。エリスとテイパーの意見も聞きたいね」と、ゼゴム。

「ガム・ホアは意気地なしだと思う」と、赤毛のエリス・メインヒンが答えた。「ポエルはわたしたちを信頼している。あともどりのできない任務のまっただなかにいるのよ。そんな状況で彼女を見捨てるなんて、ひどすぎる」

「テイパー・オタール、きみは？」

「わたしは規律を要求するわ。まさにこんなときこそ」

「わたしは断る」と、ガム・ホア。「こんなことに巻きこまれると知っていたら、はなから断っていた」

「なにも知らなかったふりはやめろよ」ゲン・テンテンは憤慨していた。

「で、いまはどうなんだ？」と、サグレス・ゼゴムが訊いた。「ポエルのことを考えたことはあるのか？　われわれ全員にとって彼女の任務がどれほどだいじかも？」

「そんなこと、まったく興味がなくなったね」と、ガム・ホア。

「だが、きみはここに私人として遊びにきているわけではないんだ」と、超心理学者が念を押した。「職務義務契約に署名しただろう」

「職務義務契約には、どのように進行するのかだれにもはっきりわからないパラ露実験のために自分の命を危険にさらせとは書かれていない」

サグレス・ゼゴムは、この争いを終わらせるには自分が決断するしかないと悟った。

「そうだとしても、きみはエリス、テイパー、ゲンといっしょにポエルを守るんだ。四人が力を合わせてはじめて、襲いかかる脅威からポエルを守れるんだから」

「では、わたしが拒んだら?」と、ガム・ホア。

「きみはそんなことはしない」

サグレス・ゼゴムとガム・ホアはしばし見つめ合った。超心理学者がこれほど冷静で自信に満ちたようすになったことはない。

「いいだろう」とうとう、ガム・ホアが譲歩した。「エリス、テイパー、ゲンと組むよ。ただし、今回かぎりだ。そのあとは二度とポエルの防護はしない。自殺命令なんてごめんだから」

ほかの三人の顔に、軽蔑の色が浮かんだ。ガム・ホアは信用できない。だが、ポエルを助けるためなら協力するつもりだ。

「では、今後はわたしもきみたちといっしょにいよう」と、超心理学者。「つねに予備のパラ露を手もとに置いて、必要な場合はこの防護チームを援護できるようにする」

「それほど長くはかからないわ」エリス・メインヒンが口を開いた。「すぐにでもポエルは盗聴をはじめるでしょう。わたしにはわかるの」

＊

ダオ・リン＝ヘイは第二惑星の周回軌道をめざしていて、そこにとどまるかのように見えた。円盤艇が第二惑星の向こう側に姿を消した。

「追いついてやる」ニッキ・フリッケルは断言した。「ぎりぎりまで近づいて盗聴するか、あるいは、相手にあきらめさせるかよ」

ニッキは加速してダオ・リンに接近すると、スペース＝ジェットの飛行コースを、同じく第二惑星の軌道をめぐるように設定した。

「彼女、さらに飛んでいきますよ」突然、ポエルがいった。「見て、また加速している。星系をはなれるつもりです」

いっとき第二惑星の向こう側にかくれていたカルタン人の艇が、ふたたび探知スクリーンに姿をあらわした。ポジトロニクスの計算では最大加速だ。

「そのままコースをたもっている」ニッキ・フリッケルは驚いていた。「これだと空虚空間に向かうわ」

ニッキはダオ・リン＝ヘイのあとを追って、エンジン出力の限界まで加速した。だが、庇護者が本当に空虚空間に出ていくとは思っていない。こちらをあざむこうとしているだけで、いずれダオ・リン＝ヘイは身の安全のために星々のあいだのどこかへ引き返してくると信じていた。

「わたし、ダオ・リン＝ヘイがだれかとテレパシー性のコンタクトをとっている印象を受けました」ポエル・アルカウンは小声でそういった。

「盗聴できたの？」

「ずっとやっているけど、いつもうまくいくわけじゃないです。たいていはなにも聞こえなくて、しばらくするとダオ・リン＝ヘイが見えたりする」

ニッキ・フリッケルは診察でもするようにポエルの顔を見た。ポエルは青ざめて、唇の輪郭が異常なほどくっきりしていた。

「やれそう？」

「こんなに長く追いかけているのに、わたしがあきらめるとでも思いますか？」

ポエルはプシ能力を強めるため、容器からパラ露をひと粒とりだした。

「やっぱり、彼女は絶対だれかとテレパシーで連絡をとっている」ポエルは顔の前で両手を合わせた。苦しそうに息をしている。

ニッキは驚いて身をすくめた。ちいさなグリーンの炎が操作盤を横切るようにゆらめき、ポエルの腕に飛びうつったのだ。髪のところまで燃えあがり、おかっぱ頭を焦がした。

「彼女は指令を受けとりました」パラテンサーがささやく。

「だれから？」

「それはわからないけど、探しだします」

「高位女性のだれかかしら？」

ポエルは首を振った。上体をまっすぐに起こすと、両手をさげた。わずかなあいだ盗聴しただけで、まるで力がつきたようだ。

「いいえ。高位女性じゃない」

「いくつもの徴候から、高位女性のさらに上位になんらかの権力があることがしめされている。その権力がカルタン人の運命を背後から操っているようね」と、ＰＩＧの女チーフ。

「ええ。その権力と関係があるのかもしれない」

「もっと正確なことがわからない？」

「まだわかりません、ニッキ。でも、やってみます」

「あきらめないで。この情報は重要よ。ものすごくね」

「ええ、わかってます」

「もしかしたら三角座銀河・盗聴拠点の最大のお手柄になるかもしれない」

ポエルは不機嫌に首を振った。自分がどんなに疲労困憊《こんぱい》しているか、ニッキ・フリッケルはわかっていない。庇護者を盗聴するには想像をはるかに超える力が必要だ。ダオ・リン＝ヘイに近づくだけでも、毎回、霧のようなエネルギー・フィールドをくぐりぬけているように感じた。

それだけではない。炎に対する不安がある。心の奥底に根づいているその不安を毎回、乗りこえなければならないのだ。

ポエルは立ちあがると、自動供給装置から即効性のある栄養ドリンクを持ってきた。「高位女性の上に立つ未知の権力は、ラオ＝シン・プロジェクトの立ちあげにも関わったかもしれない」PIGの女チーフがつづけた。「もしそうなら、カルタン人がこのプロジェクトをスタートした理由を解明する一度きりのチャンスだわ」

「わたしにまかせてください」ポエルは約束した。「そのために全力を注《そそ》ぐから」

ポエルはシートにすわったが、すぐに跳びあがった。まるで、クッションに釘が刺さっていたかのように。

「ダオ・リン＝ヘイが！」ポエルは叫んだ。「消えてしまった！」

シートごとポエルのほうに向いていたニッキ・フリッケルは驚いて振り向き、茫然として探知スクリーンを見つめた。

「そんなことは無理よ」ニッキはぼそっといった。「搭載艇はかんたんに消えたりしない」

「でも、そうなんです」

ニッキ・フリッケルは熱に浮かされたようにカルタン人の円盤艇を探した。リニア飛行に移行したのではないことは半空間ソナーでわかった。ニッキはポジトロニクスの記録をさかのぼり、搭載艇が一瞬で消えてしまったのをモニター画面でも確認した。

「加速はしていない。コースも変えていない。爆発もしていない。姿をくらますことのできる対探知システムも持っていない。いったいなにが起こったの？」

スペース＝ジェットはカルタン人の円盤艇が消えたポジションに到達したが、特別なことは確認できなかった。

「説明不能よ」ニッキは絶望しかけていた。「こんなこと、ありえない」

あらゆる可能性についてもう一度調べたが、なんの答えも見つからなかった。そこにあった艇が消えてしまったのだ。

「あなたがダオ・リン＝ヘイを見つけるのよ」と、ＰＩＧの女チーフがポエルにいった。

「盗聴してみて。もしかしたら発見できるかも」

「もうやっています。でも、うまくいかない」

「だったら、もう一度ためして」

ポエルはただうなずいた。ふたたびパラ露を手にとって、前かがみになると、目を閉じた。ニッキ・フリッケルはグリーンの炎がポエルの手の甲にはしるのを見たが、パラテンサーはなにも気がついていないようだった。

かぎりなくゆっくりと時間が過ぎた。ポエルは集中して盗聴していたが、なんのエコーにも遭遇しなかった。

PIGの女チーフは立ちあがり、しずかにするようつとめながら、自動供給装置に飲み物をとりにいった。彼女は心底がっかりしていた。すべての努力が水泡に帰したのか？　これほど時間をかけてこんな苦労をして追いかけたのに、謎めいた状況でダオ・リン＝ヘイを見失ったというのか？

ニッキはこの出来ごとを説明できなかった。

庇護者は自分の船を文字どおり見えなくする手段を持っていたのだろうか。それなら、どうしてもっと早くそうしなかったのだ？　なぜ最初は木星型惑星にかくれようとしたのだろう？　これほどかんたんに姿を消せるのなら、なぜあんな無鉄砲な飛行戦術を駆使したりしたのか？

ニッキ・フリッケルはもう一度ポジトロニクスに探知表示を点検させた。だが、エネルギー変化はまったく見あたらない。外部からカルタン人の艇に働きかけがあったわけでもない。

なにが起こったのだ？

ニッキは思案にふけりながら計器を見ていたが、そこへ突然、ちいさな炎が、セントエルモの火のようにあらわれた。

この炎は、ポエルがなんらかの方法でコンタクトをとっているという証《あか》しではないのか？

ニッキはスペース＝ジェットを加速させた。機はどんどん銀河間の空虚空間へ進んでいった。その前には数百万光年にわたる深淵が口を開けている。この種の飛行物体では、どうやっても克服できない深淵だ。引き返したほうがいいだろうか？

ポエルが身を起こしてささやいた。

「なにかがあります。弱いプシオン信号が」

「それはたしか？」

「たしかです」

ポエルは空虚空間を指さした。

「どこからくる？」

「あの奥です。進んでください。どんどん進んで。信号が強くなってきた」

ニッキ・フリッケルは背中に最初は冷たいものが、次に熱いものが流れるのを感じた。ダオ・リン＝ヘイを見つけただけでなく、巧妙にかくされた秘密の手がかりをつかんだのだと、確信したのだ。

彼女は上位の権力の影響を感じていた。

ポエルが苦しそうにうめいた。

「見つけたわ」声ははっきりしていた。「強くなる。どんどん強くなる」

ポエルは思わず振り向いて、ＰＩＧの女チーフを見た。その目はあらわしがたい驚愕で大きく見開かれている。

自分より優位にあるプシオン力に支配されていると、ふいにわかったのだ。抵抗したが、むだだった。この力が相手では勝てない。

「気をつけてください、ニッキ」ポエルは息を切らしていた。「わたしはあなたを助けられない」

ポエルが触媒のように作用し、出どころ不明のプシオン性の攻撃がすべてニッキ・フリッケルに降りかかった。ＰＩＧの女チーフはシートで麻痺したように動かなくなる。ポエルは彼女を助けることができなかった。もうだめかもしれない。

ポエルは踊る炎にかこまれていたが、だれかが自分を守り、熱を感じさせないようにしていると感じた。ガム・ホア、エリス・メインヒン、テイパー・オタール、ゲン・テンテンのことが脳裏をよぎる。かれらがいてくれてよかったと、ふと思った。

顔にやけどを負い、呼吸も苦しい。手や腕に炎があがるのが見えた。衣服も燃えている。痛みで叫びだしたかった。引き返したい。空虚空間の闇のどこかにひそむ、プシオン性の力からはなれたい。

ニッキとポエルはリアルな映像を見た。周囲になにがあるのかははっきりしなかったが、ダオ・リン＝ヘイが、高齢でミイラのように干からびた数名のカルタン人に迎えられている。ネコに似た姿が自由に空間を飛びまわっている。だが、ふたりはこれが錯覚だとわかっていた。足もとにはかたい床があるはずなのに、見えなくなっている。

ふたりが命がけで炎から逃れようともがいているあいだに、さらなる印象が押しよせてきた。老いたカルタン人たちは、自分たちのことを〝全知者の一派〟あるいは〝全知女性〟と呼んでいる。

「彼女たちがアルドゥスタアルの〝声〟だったんです」と、ポエル。「いわば、良心または魂……カルタン人種族の思考力ということ。全知女性がダオ・リン＝ヘイを連れもどしてグループに引き入れたのは、死にゆくメンバーの地位に彼女をつけるためでした」

ポエルは苦痛のあまり身をよじった。似たようなことをいっていたマレリア・アッパーツリーブレイカーのことが頭から消えなかった。

ニッキはシートから滑り落ちると、全身に燃えあがる火をもみ消そうと床を転がったが、効果はなかった。

彼女はいまや、高位女性の上にもうひとつの権力があるという証拠をつかんだ。だが、その情報を役にたてることはもうできない。ポエルがもたらした自然発火の炎が、ニッキを破滅へと引きずりこむから。

「だめよ、ポエル」ＰＩＧの女チーフは泣いていた。「そのままにしてはだめ。自分の身を守って」

ニッキは遠くはなれた《アラムブリスタ》にいるパラテンサー四人が力をつくしているのを感じた。かれらの助けがなければ、自分はとうに死んでいただろうとも思った。だが、もう限界にきていた。意識は朦朧《もうろう》とし、痛みは耐えがたかった。まるで、火あぶりの刑に処されているように感じた。

ニッキは命にしがみついた。死んでなるものか。

「ポエル、お願い」と、懇願した。「反撃するのよ」

だが、いったいポエルはまだ生きているのだろうか？

ニッキはポエルのほうを見たが、炎の壁の向こうに幻のような姿が見えるだけだった。まるで、ポエルが赤々と燃えているようだ。

「ポエル！」

ポエルもやはりシートから滑り落ちていた。手に握ったパラ露をすべて自然発生的に爆燃させ、それと同時に、最後の力を振り絞ってダオ・リン＝ヘイと全知女性たちに集中している。

急にすべての炎が消えた。ポエルにはわかった。爆燃によって彼女の能力が爆発的に増大したことで、シンダー・ウーマン作用が、自分たちをプシオン性の罠におとしいれた盗聴相手のほうにうつったのだと。

全知女性たちはただちに危険を察知し、ポエルとニッキを解放した。ポエルはひどく苦しんでうめき声をあげる。立ちあがろうとしてよろめき、自動供給装置へ二歩進んだところで、意識を失って床に倒れた。

PIGの女チーフは、やけどと衰弱で最初は起きあがることもできなかった。だが、全知女性たちがいつまた攻撃してきて、死の作業を完了させるかわからない。そう自覚すると、さらなる炎への恐怖に襲われて立ちあがった。からだを引きずるようにして操縦席にたどりつき、苦しい息でポジトロニクスに命令した。

「ここを去り、もっとも近い星系に後退するのよ」そういうと、膝をついた。「医療ロボットを呼んで、ポエルとわたしに治療を。早く！」

最後の力を振り絞って命令したあと、ニッキはくずおれた。だが、まだ意識は失わなかった。

PIGはいま、より高位のカルタン人権力……〝全知者の一派〟と名乗る女性グループが存在する証拠を握った。ラオ＝シン・プロジェクトの背後にいるのも全知女性にちがいない。

ニッキ・フリッケルはこの有望な手がかりを引きつづき追うと決めた。だが、それには膨大な準備が必要だ。全知女性は非常に強大で、その秘密を暴《あば》くには相応の装備がいる。

「大丈夫、われわれは生きのびる」ニッキ・フリッケルはそうつぶやいた。「ふたりとも死んだりしない。ロボットが助けてくれる」

そして、気を失った。

*

意識をとりもどしたとき、ニッキは自分のキャビンのベッドに横たわっていた。起こったことを思いだすまで、すこし時間がかかった。両手を目の前にかかげてみると、やけどはほとんど治癒している。

「なんてこと」と、つぶやいた。「ここで何日寝ていたんだろう」

起きあがってみたが、不思議なことに痛みはない。

ポエルはどうしているだろう？　耐えぬいたのか、それとも焼け死んだのか？

ニッキは自室を飛びだすと、ポエルのキャビンに急いだ。だが、ハッチの前で入るのがためらわれた。鼓動が速くなる。ハッチを開けて空っぽのベッドを見るのが恐かった。

意識を失っていた数日間になにが起こったのだろう？　あれからカルタン人はなにもしかけてこなかったのだろうか？　無人に等しいスペース＝ジェットを奪いとるのはか

んたんだっただろうに。

ニッキはハッチを開けた。

ポエルはベッドに横たわっていた。重度のやけどを負っているが、経過は良好のようだった。奇妙なことに、目のまわりと口はほとんど無傷だ。

ポエルがほほえみを浮かべて、口を開いた。

「見たところ、あなたはもう元気そうですね」

「ポエルも」

「医療ロボットがしっかり治療してくれました。信じられないほど早く傷がなおっています」ポエルは身を起こすと、司令コクピットのほうを指さした。「一度、この上にいってみました。ジェットはいま、銀河辺縁部にある一星系の第二惑星の周回軌道をめぐっています」

「全知女性たちがわれわれをほうっておくなんて意外だけど」

「そのことはわたしも考えました、ニッキ。彼女たちはきっと、パラ露が自然発生的に爆燃したことにショックを受けたのでしょう。それに、わたしたちは死んだと思われているにちがいありません」

「われわれがプシコゴンの爆発で死んだと考えているってこと？」

「彼女たちはそう確信しています。だから、わたしたちを探す必要はもうないと思ってている」

ふたりは反重力シャフトで上の司令コクピットに行った。おなかがすいて、喉も渇いている。

「どこへ向かいますか？」と、ポエルが訊いた。

「カバレイにもどるわ」ＰＩＧの女チーフは答える。「それから、どうやったら全知女性の秘密をもうすこし探りだせるか考える」

「いままでのやり方はもううんざりです」と、ポエルは笑った。「痛い目にあったんですから。しばらくはごめんだわ」

「当然よ」ニッキも同意した。「全知女性の盗聴に、毎回あなたが命をかけることはできない。違う方法を見つけましょう」

ポエルはポジトロニクスに、どんな食事が用意できるかたずねた。答えは聞くまでもなく、わかっていたけれど。

そして、自分とニッキのために軽い食事を選んだ。

「妙な気分です」ポエルは笑顔だった。「わたしはずっと、自然発火現象に不安を感じつづけてきました。心の奥深くで、炎に対する恐れをいだいていた。なのに、本当に大やけどを負ったあとは、もうなんの不安もなくなりました」

「われわれ、死んでもおかしくなかったのよ」と、ニッキ。

「そうですね。あれほどひどい状況は考えられなかった。でも、もう痛みはなくなったし、不安も消えています」

「わたしのほうは、できればそのことは考えたくない。恐くてしかたないわ。いつものわたしとは正反対ね」

ニッキはほほえんでいた。彼女の言葉には冗談が半分まじっていた。

「では、これからどうします？」と、ポエルが訊いた。

「食事が終わったら、《アラムブリスタ》と連絡をとる。パラテンサー四人に助けてもらったお礼をいわないとね。かれらもつらい時間を耐えたはずよ。それがなかったら、われわれは助からなかった」

「それから？」

「それから、なんとしてもウィド・ヘルフリッチと話すわ」

＊

PIGの女チーフがウィド・ヘルフリッチと話したのは、かれが捕まえたカルタン人乗員を解放したあとだった。ヘルフリッチはかれらが《サナア》で出発することを許可していた。

それが二日前、NGZ四四六年四月三日のことだ。

この処置と引き換えに、カルタン人はきょうラムダ・カーソル基地を明けわたし、そこにいたすべての捕虜を解放した。

それでも、三角座銀河という名のM－33を支配する緊張はゆるんでいない。全知女性たちがプシオン手段で盗聴されたことにカルタン人がどう反応するのか、ただ待つしかなかった。

あとがきにかえて

井口富美子

今回で私の担当も六巻目となった。ずいぶんましになったとは思うが、ローダンの世界観を完全に理解するにはまだまだ力不足で、読者の皆様に違和感のない翻訳をお届けできていることを祈るばかりだ。世界観と言えば、先日スロヴァキアの女性作家によるファンタジー「ぼくの未来を占ってみて」を英語から訳した。昨年十一月に開催されたヨーロッパ文芸フェスティバル２０２１の一環で、ＥＵ各国の短篇が一月末まで無料公開されている。物語の舞台はブラチスラヴァ、時はプラハの春鎮圧にワルシャワ条約機構軍がチェコスロヴァキアに侵攻した日。未来が見える女子高校生が家族を救う物語だ。一九六八年といえばローダン・シリーズもまだ若々しい。そんなことを考えながら、女の子の感情や物語の世界観を想像するのは楽しかった。同じように、ローダンも楽しみながら訳していけたらと願っている。

訳者略歴　立教大学文学部日本文学科卒，翻訳家　訳書『生命ゲームの勝者』マール＆グリーゼ，『デヴォリューションの虜囚』ヴルチェク（以上早川書房刊）他多数

HM=Hayakawa Mystery
SF=Science Fiction
JA=Japanese Author
NV=Novel
NF=Nonfiction
FT=Fantasy

宇宙英雄ローダン・シリーズ〈657〉

盗聴拠点《とうちょうきょてん》ピンホイール

〈SF2351〉

二〇二二年一月　二十日　印刷
二〇二二年一月二十五日　発行
（定価はカバーに表示してあります）

著者　マリアンネ・シドウ　H・G・フランシス
訳者　井《い》口《ぐち》富《ふ》美《み》子《こ》
発行者　早川浩
発行所　株式会社　早川書房
郵便番号　一〇一 - 〇〇四六
東京都千代田区神田多町二ノ二
電話　〇三 - 三二五二 - 三一一一
振替　〇〇一六〇 - 三 - 四七七九九
https://www.hayakawa-online.co.jp

乱丁・落丁本は小社制作部宛お送り下さい。
送料小社負担にてお取りかえいたします。

印刷・信毎書籍印刷株式会社　製本・株式会社川島製本所
Printed and bound in Japan
ISBN978-4-15-012351-2 C0197